Petra Pflaum-Heinz

U-Bahn-Gesichter

Roman

Erschienen bei Tredition

2. Auflage 2016

© 2016 Petra Pflaum-Heinz
www.petrapflaumheinz.de

—————

Verlag: tredition GmbH, Hamburg
www.tredition.de

 tredition®

—————

2. Auflage

ISBN

Paperback: 978-3-7345-1481-4
e-Book: 978-3-7345-4174-2
Printed in Germany

—————

Bibliografische Information der Deutschen Nationalbibliothek:
Die Deutsche Nationalbibliothek verzeichnet diese Publikation in der
Deutschen Nationalbibliografie; detaillierte bibliografische Daten sind
im Internet über http://dnb.d-nb.de abrufbar.

—————

Coverdesign/ Konzept: Marc Köschinger,
samesamebutmine.com

—————

Korrektorat: Marianne Glaßer

Noch Jahre später dachten sie daran zurück.

Sie würden ihn nie mehr vergessen.

Nicht diesen Tag!

Auch nicht diese Stunden!

Auch nicht die endlos langen Minuten, in denen alles stillstand.

Die besondere Umgebung! Die außergewöhnliche Atmosphäre! Das Knistern der Luft! Die Spannung! Die Atemlosigkeit! Die Unruhe!

Sogar ein wenig Sorge! Sogar ein wenig Angst!

Aber die Zeit für die Gedanken! So intensiv wie nie!

Das Sich-Hineindenken in die Köpfe! Das Spiel ihrer Fantasie! Arglos und gewagt!

Ein wenig Neid, ein wenig Frust, ein wenig aber Sehnsucht!

Sehnsucht nach dem Anderen!

Fragen, Antworten und irgendwann das Verstehen!

Schließlich eine Lösung. Als würde es nichts Einfacheres geben!

Klar vorgezeichnet, machbar!

Er hatte alles verändert, dieser Tag!

Nicht langsam, nicht Stück für Stück!

Er gab keine Zeit, die Dinge reifen zu lassen, und sie spürten, die Zeit war längst reif!

Kein Warten mehr!

Kein Nachdenken! Keine Ausreden!

Er vergewisserte sich auch nicht, ob der Zeitpunkt passte, dieser Tag!

Es geschah einfach!

Heidelinde und Constanze und die vielen anderen Menschen an einem besonderen Ort, an einem besonderen Tag!

1

Es war ein Apriltag, wie so viele vorher in ihrem Leben. Aber strahlender hätte er nicht sein können, dieser Tag. Dieses Jahr brach er mit allen Gewohnheiten, der April! Trocken kam er daher, trocken und warm, mit gleißender Sonne am stahlblauen Himmel. Neunzehn Tage schon, und an diesem Tag sollten es 22 Grad werden.

Ein Tag nach Vollmond, vier Tage vor Ostern. Vier Tage nach „nicht schlafen können vor dem Vollmond!".

Das war es auch schon.

Sie spürte nichts. Keine Veränderung! Keine Anbahnung schwerwiegender Andersartigkeiten.

Als die Katze kam, morgens um fünf, atmete sie tief ein. Sie war frisch, die Luft, angenehm angereichert mit dem Duft der ersten Blüten. Dazu das Morgenkonzert der Vögel.

Gigantisch inszeniert!

Vor ihr tat sich Großes auf. Der neue Tag, der über den Horizont kroch.

Auf ihrem Bett zusammengerollt die Katze.

Die Katze, dachte sie, hatte es gut. Sie sorgte sich nicht.

Am frühen Morgen legte sie sich zum Schlafen auf ihre Bettdecke. Am Tag stand Futter bereit, ihr Lieblingsfutter, und des Nachts lockten die Streifzüge.

Ein gemächliches Leben, allenfalls unterbrochen durch Attacken ihrer Artgenossen.

Mal ein blutendes Ohr, ein zerbissener Schwanz, ein herabhängendes Stück Haut, das genäht werden musste, immer in der Obhut ihrer Menschen. Im Notfall würde ein Tierarzt es richten.

Die Katze, dachte sie, hatte es gut.

Sie zog an der Bettdecke. Nur ein wenig, um die Katze nicht zu stören, denn sie fröstelte.

In all den Jahren, in denen sie nun schon in diesem Bett lag, floss das Leben gleichmütig dahin, schlossen sich den unaufgeregten Tagen unaufgeregte Nächte an.

Es hatte Aufgeregtes gegeben, auch Spannendes und das leise Lachen einer tiefen Liebe.

Wenn sie die Augen schloss, konnte sie es noch hören, füllte sich der Raum mit dem Knistern der Erotik. Dieser Hauch der Vergangenheit flog durch ihre Gedanken. Sie meinte zu spüren, zu riechen, zu schmecken und einen Augenblick lang erbebte sie.

Sie ließ sich mitreißen, fühlte Glut in ihrer Brust, Leidenschaft in ihren Adern und Verlangen.

Es war immer noch da. Sie lebte noch. Sie fühlte noch.

Da war es noch, dieses leise Lachen der Liebe.

Heidelinde Kremer lebte ihr seichtes Leben. So eines ohne große Aufregung. Es ebbte dahin. Es hatte eine Stunde, es hatte einen Tag, einen Monat und ein Jahr, dieses Leben.

Es hatte den Morgen und den Abend, das Frühstück, das Mittag- und das Abendessen. Es hatte die Sonne und den Regen, das Frühjahr und den Herbst und Weihnachten, viele Weihnachten.

Ihr Geburtstag mit Rosen und auch ihr Hochzeitstag, dreißig Mal schon. Extra bestellt waren sie, diese Rosen, und rot, so dunkelrot und besonders, ganz besonders. Das macht man so, das wusste er! Das hat Akzeptanz!

Und eigentlich – und das wusste sie – hätte sie sich geschämt ohne die Rosen, ohne das Dunkelrot.

So war es klar: Er liebte sie, sie liebte ihn! Dokumentiert, zweimal im Jahr.

Ihr Franz, ihr Ehemann.

Nur, Heidelinde spürte sie nicht mehr, seine Liebe. Sein Verlangen war seinem Schnarchen gewichen, seine Lust untergegangen irgendwo im täglichen Einerlei. Stress hatte er, das sagte er immer. Stress machte ihn fertig. Stress fraß ihn auf.

Das hatte sie nicht, Stress.

Sie hatte es doch so schön! Sagte er!

Ein Leben im Luxus, das hatte sie.

Und sie müsse doch spüren, dass er außergewöhnlich gut für sie sorge.

Und deswegen, so sagte er auch, müsse sie glücklich sein. Sie sei gewissermaßen dazu verpflichtet.

Was brauchte sie noch? So ein Leben wünschte sich mancher.

Kein Plan, keine Hektik und daheim, immer daheim. Ein bisschen Kochen, ein wenig Waschen, Putzen und Bügeln, ein Ausgleich doch, ein Raus aus der Langeweile, eine Freude, solange die Kinder in der Schule waren.

Wie hätte sie ihm widersprechen können?

Isabella und Norbert, ihre Zwillinge.

Eine schwere Schwangerschaft voll Übelkeit.

Ein genervter Franz. Wie hatte er das alles nur aushalten können?

Dann eine schwere Geburt.

Sie hatten sich so viel Zeit gelassen. Erst Isabella, die sie liebevoll Isa nannte. Noch immer hatte sie die Nase weit vorn, genauso, wie sie das Leben begonnen hatte. Dann Norbert, sechs Stunden später. Nobby musste beinahe geholt werden und er schrie nicht gleich. Es dauerte. Und so war er heute. Ein wenig langsam in allen Dingen.

Und Heidelinde? Sie war stolz. So stolz, wie man nur sein kann, wenn man Mama geworden ist. Noch dazu gleich doppelt. Welche Freude.

Auch Franz war stolz. Vor allem auf den Buben. Dass er als Zweiter in die Welt kam, musste ja nicht ausgesprochen werden. Wen interessierte das schon?

Damit war seine Rolle als Vater erledigt. Sein harter Job, die Vereine, sein über alles geliebter Ruderclub, gerade dort war sein ganzer Einsatz verlangt.

Wo wäre da noch Zeit geblieben, sich gleich um zwei schreiende Babys zu kümmern?

Das Haus hatten sie 1990 gebaut! Es war Zeit geworden. Höchste Zeit!

„Wie sieht das denn aus, dass wir noch immer kein Haus haben!", hatte Franz gesagt.

„Sie könnten denken, wir können uns gar nichts leisten!"

Es war schlimm, wenn sie etwas dachten! Egal, was es war! Dem musste vorgebeugt werden. Sie sollten keine schlechte Meinung haben. Von nichts. Nicht von den Umständen, nicht von ihnen. Von nichts.

Ein Wettlauf mit der Zeit. Kleinkes hatten ihr Haus schon zehn Jahre. Mehrikes seit fünf, und Kremers? Kremers zogen nicht nach. Es dauerte. Das war nicht gut. Dann endlich Richtfest. Richtspruch und Bier, Bier, Bier. Danach ging es Franz besser. Jetzt war er wer! Jetzt war es recht.

Ein schmuckes Einfamilienhaus. Nicht groß, nicht klein.

Erdgeschoss, erster Stock, ein mit roten Schindeln gedecktes Dach. Schräg, spitz, Dachgauben.

Weißer Putz, schon bald ein wenig grau. Kleine Fenster, aber zum Garten hin groß, wuchtig, grüne Fensterläden. Zeitgemäß modern, Haustüre und Fensterrahmen aus braunem Holz und große Schiebetüren in den Garten. Neben der Haustür die Hausnummer 17, weiß auf Dunkelbraun. Nach der Dreizimmerwohnung recht geräumig. Von 80 auf 150 Quadratmeter, mit Garage für den Kombi und Garten.

Da war auch Heidelinde glücklich gewesen. So glücklich.

Jetzt hieß es sparen. Für Heidelinde. Nicht für Franz.

Wozu noch eine Bluse? Fünf mussten genügen! Wie, zu alt? Gut genug! Kein Platz im neuen fünftürigen Schrank. Kein Zimmer für sie. Keine Privatheit, keine Erfüllung ihres innigsten Wunsches. Dafür aber ein Raum für die Wäsche, zum Bügeln und Nähen, unten im Keller.

In den Vorgarten pflanzte sie Buchs, mitsamt der Pflicht zum kugelrunden Schnitt.

Wie sie das hasste. Wie sie den Buchs hasste.

Sie liebte die fließenden Übergänge, liebliche Pflanzen, die wachsen durften nach Belieben.

Freiheit für alle, auch für die Pflanzen.

Aber nicht bei Franz. Nicht in seinem Vorgarten. Da hatte Ordnung zu herrschen. Gepflegte Ordnung.

„Der Vorgarten ist unsere Visitenkarte!", sein Standardsatz, und: „Ein Vorgarten sagt etwas über die Leute aus!"

Also blieb der Buchs in Form. Sauber geschnitten, kugelrund und akkurat.

Neue Möbel akzeptierte er. Statt der abgewetzten braunen Ledercouch eine moderne hellgraue Sitzecke mit zwei Beistellteilen. Mehr nicht!

Das wollte er nicht! Keine Veränderung bitte!

Was er wollte, war Gesetz! Das wusste sie doch!

13

Sie wusste es von dem Moment an, als sie verheiratet waren. Nachdem er sie über die Schwelle getragen, ihr den Schleier abgenommen hatte und neben ihr im Rausch des Alkohols eingeschlafen war, mit leicht geöffnetem Mund und einem zufriedenen Grunzen, morgens um fünf, begleitet vom frühen Gezwitscher der Amseln.

Hochzeitsnacht! Liebe, Glück, Freude!

Stattdessen die ersten Zweifel! Unter dem Dachfenster der Dreizimmerwohnung, neben einem erbärmlichen Ehemann, neben dem Gestank von Rauch, Bier, Schweiß und Küchenfett.

Den Mai hatten sie sich ausgesucht. Den Mai für Romantik und Liebe, mit Maiglöckchen im Brautstrauß, mit einem Kleid aus Spitze, langer Schleppe und Schleier und einem Anzug mit Weste.

Sie hatte wirklich daran geglaubt. An die große Liebe. Daran, dass er sie auf Händen tragen würde, daran, dass das Glück immer bei ihr bleiben würde.

Er blieb! Sie blieb! Das Glück blieb nicht.

Es ließ sich auch im neuen Haus nicht finden. Es war wohl gar nicht mehr mit eingezogen!

An jenem 19. April hatte der Wecker wie immer um sechs Uhr geläutet. Sie hätte ohnehin nicht länger schlafen können.

Schon tagelang war sie von einer inneren Unruhe getrieben, die sich in der Nacht fortsetzte. Sie bescherte ihr einen schlechten Schlaf, lange Phasen, in denen sie wach lag und grübelte.

Kein Wunder! Dieser Tag, ihr Tag, beschränkte sich meist auf einziges Mal pro Jahr. Einmal nur sie! Mit sich allein, mit ihren Gedanken, mit ihren Wünschen, mit ihren Sehnsüchten!

Also fieberte sie ihm entgegen, diesem Tag.

War das Glück ihr hold, bekam sie vielleicht noch einen zweiten Tag, doch das war nie gewiss.

Auch Albträume plagten sie! So träumte sie oft, sie wäre woanders! In einem anderen Haus, in einer anderen Umgebung! Alles war durcheinander, Chaos überall. Kaum wahrnehmbar ein leises Schluchzen, irgendwo. Aber sie, sie saß inmitten des Ganzen glücklich und zufrieden. Dazu leise Musik, sanft, melancholisch und es fühlte sich gut an, so gut! Sie wollte bleiben, sich zurücklehnen, nie mehr zurückgehen.

Aber dann, wenn es am schönsten war, wenn sie sich richtig wohl fühlte, donnerte und blitzte es, alles verdunkelte sich, das Haus stürzte in sich zusammen.

Wenn der Wecker klingelte, ließ sie sich meist noch etwas Zeit. Ein paar Minuten, sich zu sammeln.

Fühlte sie oft eine große Leere, manchmal sogar eine quälende Angst vor dem, was kommen würde, so hatte sich an diesem Dienstag alles gut angefühlt.

Gut gelaunt war sie aus dem Bett gesprungen. Zuerst sie, er eine gute Viertelstunde später. Er mochte sie am Morgen nicht ansehen! Sie mochte nicht von ihm gesehen werden.

Aus dem Radio die gleichen schlimmen Schreckensnachrichten der letzten Wochen. Die Tsunamikatastrophe in Japan, die Hölle in Libyen, die Atomdebatte in Deutschland.

Sonst das tägliche Szenario: Zähneputzen, Duschen, Anziehen. Alles wie immer.

Aber irgendetwas war anders. Sie war aufgeregt!

Unter der Dusche hielt sie inne, strich sich zart über ihre Arme, nahm sich mehr Zeit als sonst. Noch einmal griff sie nach dem Duschgel, verteilte es sanft mit überkreuzten Händen auf ihren Oberarmen, senkte den Kopf, schloss die Augen und berührte mit Kinn und Nase ihre Haut. Sie mochte sich noch. Sie fühlte sich gut an. Sie roch gut.

Noch zeigte der Spiegel eine schöne Heidelinde. Noch war ihre Haut glatt, die Falten wenig, ihr Gesicht gepflegt und das Haar voll und seidig. Sie wusste, dass sie noch eine andere Heidelinde herzaubern konnte, mit Wimperntusche für die grünen Augen, Make-up, Lippenstift, und sie wusste auch, dass ihre schulterlangen braunen Haare mit einem frecheren Schnitt aus ihr etwas anderes machen würden. Nur ihm, ihm würde das nicht gefallen.

Im nächsten Jahr würde ein neuer Rosenstrauß ins Haus kommen und Franz würde unerbittlich lächelnd den 49 Stück vom letzten Jahr eine weitere hinzufügen.

Vor dem Schränkchen mit ihrer Unterwäsche zögerte sie. Nur kurz. Dann war es klar.

Es war ein Tag dafür. Ein Tag für das unterste Fach, ein Tag für teure Spitze.

Cremeweiß, Seide. Gekauft vom Geld ihrer Großmutter. Von dem Geld, von dem er nichts wusste, geparkt auf einem Sparkonto, das er nicht kannte.

Ein kleines Sümmchen, ihr Sümmchen, ein Sümmchen für Träume.

Er kannte die Seide nicht. Nie hatte er sie darin gesehen. Sie fürchtete seinen Spott, seinen Sarkasmus. Es würde sie nicht schöner machen, würde er sagen. Es wäre albern, lächerlich, völlig daneben und vor allem unnötig. Wo sie damit hinwolle, würde er fragen, und sie solle sich nicht blamieren, natürlich nur um seinetwillen.

Vielleicht würde er sie sogar verspotten, vielleicht sogar erniedrigen. All das würde er tun. Sie war sich sicher!

Jetzt aber war sie hineingeschlüpft in die zarte Wäsche, hatte edle Körpercreme aufgetragen, zusammen mit dem Duft für besondere Anlässe. Anlässe, die sie gar nicht mehr hatte.

Sie fühlte sich stark, sie fühlte sich begehrenswert, sie spürte eine Heidelinde, die sie gar nicht mehr kannte.

Lag es an der Seide, dass dieser Tag so anders wurde als die Tage vorher, an denen sie genau dasselbe getan hatte? Oder war die U-Bahn, die sie wie immer genommen hatte, schuld, weil sie stehen blieb irgendwo im Untergrund? Wäre alles anders geworden, wenn sie die acht Stationen zwischen dem Anfangs- und dem Endpunkt einfach so durchlaufen hätte, wie immer? So gedankenlos wie all diese Menschen, die mit ihr diese Stationen erlebten, die ihr nah waren für Minuten, die sie ihr sonst niemals gegeben hätten?

Franz hatte ihr am Frühstückstisch gegenübergesessen, die Nase tief hinter der Zeitung versteckt, seine Hand dauernd an der Kaffeetasse, ab und an einen Schluck nehmend.

Seine Nase bemerkte nichts. Sie nahm den feinen, zarten Duft ihres Parfums nicht einmal wahr. Auch sie ignorierte alles, was mit Heidelinde zu tun hatte. Alles, unerbittlich, gnadenlos.

Sie hasste diese Nase, die ein wenig zu groß in diesem harten Gesicht thronte. Sie hasste das Gesicht, in dem die Nase Alltägliches roch, sie hasste all die Gesten des täglichen Rituals und in diesen Momenten hasste sie auch sich.

„Verdammt, ist der heiß!", fluchte er. „Kannst du dir nicht endlich angewöhnen, den Kaffee als Erstes zu machen, damit er abkühlen kann?"
Heidelinde antwortete nicht. Seine Fragen verlangten nie eine Antwort. Er fragte einfach so.
„Wann fährst du?", fuhr er fort. Auch das beantwortete sie nicht. Im Grunde interessierte es ihn nicht.
„Wie lange bleibst du?", kam hinter der Zeitung hervor.
Irgendwann war er aufgestanden, hatte seine Tasche genommen und war gegangen.
Irgendwann war sie aufgestanden, hatte ihre Tasche genommen und war gegangen.
Wie hätte sie ahnen können, dass ihr Aufbruch ein so ganz anderer war als der seine?
Er brach auf in sein tägliches Leben. Sie brach auf, um Gesichter zu treffen. Sie brach auf in ein neues Leben. Aber das wusste sie noch nicht.

Heidelinde und Franz, ein Paar auf dem Land.
Beschaulichkeit, Ruhe, gemischt mit dem Klatsch und Tratsch des Dorflebens, das war ihr Leben. Doch Heidelinde war das nicht genug. Sie sehnte sich nach der Großstadt. Nach dem geschäftigen Treiben, hin und wieder. Nach dem Geruch und den Geräuschen der Welt.
Nach der Andersartigkeit, der großen Bühne. Ihre Suche nach Offenheit und Freiheit war ausgebremst durch die Enge des Dorfes.
Und so machte sie sich auf den Weg, jedes Jahr, um aufzusaugen und zu genießen, was sie so schmerzlich vermisste.
Sie war keine geübte, jedoch auch keine schlechte Fahrerin.

Für Franz jedoch gehörten Frauen nicht ans Steuer. Das sei gefährlich, meinte er.

Es war die Art, wie er darüber sprach. Sein Zynismus, der sie so verletzte.

„Ein Auto und Heidelinde!", witzelte er. „Das geht gar nicht! Erst müsste man die Straßen sperren, bevor man die beiden losließe!"

Er war der festen Überzeugung, dass Heidelinde überhaupt nicht fahren könne, dass man dafür Sorge tragen müsse, dass sie so wenig wie möglich ein Auto in die Finger bekäme. Schließlich sei es ein Wunder, dass sie noch keinen Unfall verursacht habe. Wahrscheinlich nur, weil er ihr ein ganz kleines Auto gekauft hatte, denn mit seinem, dem mit Understatement, könne man sie allenfalls fahren lassen, wenn er danebensäße und Anweisungen gäbe, und auch dann sei die Sache gut zu überdenken und nicht ohne Risiko.

Sein Auto, sein Heiligtum!

Um nichts sorgte er sich mehr.

Heidelinde, Auto und Risiko, das hatte sie gut verinnerlicht. Er hatte geschafft, was er wollte.

Bis ins Tiefste verunsichert, wagte sie sich nur auf ihr bekannte Strecken, wenn möglich nicht in der Nacht und schon gar nicht bei Schnee und Eis.

Sie parkte schlecht ein, fuhr nie schneller als 120 Stundenkilometer und ließ das Auto wenn irgend möglich stehen.

An diesem Tag jedoch saß sie fröhlich hinter dem Steuer, obwohl es stimmte! Franz hatte recht. Bis in die Innenstadt mit dem Auto? Niemals! Das wagte sie nicht.

Er hatte immer ihre Ängste geschürt, ihre Fahrkünste an den Pranger gestellt, sie aufs Tiefste blamiert. Irgendwann hatte er es geschafft. Sie glaubte nun auch, dass sie es niemals können würde.

Also lenkte sie den Wagen gemächlich bis ans Ende der A 66, und je näher sie Frankfurt kam, je deutlicher sich die ersten Wolkenkratzer am Horizont abzeichneten, desto aufgeregter wurde sie. Nach der letzten Rechtskurve, dort, wo früher die großen Warnleuchten mahnten, das Tempo zu drosseln, sah sie an der Ampel einen der U-Bahnzüge in Richtung Enkheim fahren und ihr Herz hüpfte vor Freude. Sie war da. Sie bog links in die Borsig-allee und nur wenige Meter später ging es ins Park-und-Ride-Parkhaus.

„Bitte parken Sie auch im Keller!", hatte sie gelesen.

Nur nicht das, das wollte sie nicht. Jetzt stand sie auf dem Dach des Parkhauses im dritten Stock, gleich neben der kleinen Glaspyramide mit der Metallspitze, mit der Treppe drinnen und der stets abgeschlossenen Tür.

Sie hatte es geschafft. Bald würde sie in der Stadt sein.

Sie atmete durch. Frankfurt und ihr Tag.

Vom Dach hatte sie einen grandiosen Blick auf die Stadt. Die Bankentürme in der Innenstadt, der Fernmeldeturm weiter rechts ganz außen, der Messeturm und auf der anderen Seite Flugzeuge im Landeanflug, eines nach dem anderen, schon ganz tief unten, wie an einer Perlenschnur aufgereiht. Das Rauschen des Verkehrs drang bis nach oben.

Dumpf, gleichmütig, penetrant.

Sie lächelte milde.

Jetzt störte er sie nicht mehr, dieser gönnerhafte Satz: „Du darfst dir etwas kaufen!"

Jetzt stand sie über den Dingen und unter ihr, auf den U-Bahngleisen gleich neben der Straße, sah sie eine türkisgrüne U-Bahn Richtung Stadt fahren.

„Du darfst dir etwas kaufen!", wiederholte sie halblaut! „Du darfst dir etwas kaufen!"

Julius Caesar hätte das nicht besser gekonnt!

„Salve, Frau! Du darfst dir etwas kaufen! Knie nieder und bedanke dich!"

Nie ging es ohne Nachsatz!

„Aber gib nicht zu viel Geld aus! Denk daran, das haben wir nicht!"

Dabei brauchte nur Franz Geld! Viel Geld! Fürs Rudern, für Tennis, fürs Auto, für Bier. Dazu noch das Studium der Kinder! Ein Wahnsinn, das alles!

Da war es nicht drin, dass auch sie noch Geld ausgab! Sie konnte froh sein, dass er ihr diese Stadtausflüge erlaubte. Da konnte sie richtig froh sein!

So aktivierte er ihr schlechtes Gewissen. Es war da, schon Tage vorher.

Setzte sich zu ihr, wich nicht von ihrer Seite.

Er war großartig in solchen Dingen. Oft genügte schon sein strenger Blick.

In Kombination mit seinem dunklen Räuspern verschaffte er sich Respekt, Unterordnung, Gefolgschaft. Ohne ein Wort.

So hatte er sie im Griff. Immer mahnte sie das Gewissen. Ob sie überlegte, was sie anziehen sollte, ob sie wohl etwas Neues brauchte, immer flüsterte es ihr zu: „Aber gib nicht zu viel Geld aus! Geh besser nicht dahin, wo es so viel kostet. Überlege, ob du diesen Ausflug überhaupt machen willst."

Aber sie ging. Jedes Jahr, auch in diesem Jahr.

4.00 Euro für das Parkhaus. 6 Euro 20 für die U-Bahn. Ein Kaffee, ein Kuchen und irgendetwas Schönes. Jedes Jahr.

2

Heidelinde mochte die U-Bahn nicht. Die vielen fremden Menschen.

Zu viel Nähe, zu wenig Platz. Die U-Bahn, das bedeutete unter der Erde.

Angst, die sie beschlich, wenn es in den Tunnel ging. Hier draußen, in der Kruppstraße, fuhr sie noch oben. Später dann, nach der Eissporthalle, ging es in den Untergrund. Der Zeitpunkt für ein stetes mulmiges Gefühl.

Und doch war das der beste Weg. Der schnellste obendrein und, wenn sie es genau überlegte, mit nichts anderem zu schlagen. Sie musste sich überwinden.

Ihr Auto stand sicher. Sie musste nicht in ein beengtes Parkhaus in der Stadt, nicht in den schnellen, ruhelosen Großstadtverkehr mit seinen vielen Fahrspuren und Autos.

Aber täglich damit fahren? Sie spürte Mitleid mit den Menschen, die das mussten.

Mit der Zeit kannte sie sich aus. Nahm die U 7 Richtung Hausen. Ohne Umsteigen bis zur Hauptwache. Über Gwinnerstraße, Schäfflestraße, Johanna-Tesch-Platz, Eissporthalle/Festplatz, Parlamentsplatz, Habsburgerallee, Zoo, Konstablerwache. Fahrzeit ca. 16 Minuten. Hier in Frankfurt war sie grün. Türkisgrün, auch innen war die Farbe der Sitze angepasst, zumindest bei den neueren Modellen.

Sie nahm die Treppe, überquerte die Straße und steuerte auf den U-Bahnhof in der Mitte der Straße zu. Freude im Gesicht. In jeder Bewegung.

Das Prozedere mit der Fahrkarte. Der Automat. Die Beschreibung. Das Kleingeld.

Eine Herausforderung, jedes Mal!

Am Ende des Bahnsteiges eine junge Frau. Schwarzer Anorak, schwarzer Rucksack, rotes Handy. Sie gestikulierte wild, lief auf und ab. Wortfetzen fegten durch die Luft. Auf dem Kopf eine gestrickte Mütze.

„Bei dem Wetter!" Heidelinde schüttelte den Kopf, wandte sich dem Automaten zu.

„Ich würde wahnsinnig werden unter dieser Mütze!"

Kurzstrecke grün, Einzelfahrt rot, Tageskarte gelb, Gruppenkarte blau, Anschlussfahrt rot.

Erst Zielnummer wählen!

Sie drückte 50, dann auf die Tageskarte – zweiter Knopf von oben –, dann die Nummer 1: Direkter Weg, ohne Flughafen!

Geschafft! Nur noch die Geldkarte, dann frei für 24 Stunden!

Hinter ihr wieder eine U-Bahn Richtung Hessen-Center! Ein Wagen, beschriftet mit Worten und Sätzen!

„Volker Gurgelt Fusel! Verflixt Grüne Folie! Vera Glotzt Fernsehen!"

„Vera Glotzt Fernsehen!" Das verstand Heidelinde nicht. Warum? Warum waren diese Sätze auf den U-Bahnzügen und warum waren die Anfangsbuchstaben der Worte weiß hervorgehoben?

Immer ein V, dann G und dann ein F.

„Viele Gesunde Früchte" las sie weiter und „Verstand Geht Flöten." Dann sah sie es ... das weiße Zeichen VGF! Ja, natürlich: Verkehrsgesellschaft Frankfurt.

Dazwischen die Ansage: Nächster Zug: U 7 Richtung Hausen über Konstablerwache und Hauptwache. Eine klare, melodische Stimme.

Dann der Zug. Ein kurzer Halt am Bahnsteig. Drücken des Türknopfes. Schnell einsteigen!

„Volker Gurgelt Fusel." Witzig! Heidelinde saß. Im noch fast leeren Abteil, gleich hinter der Absperrung zum Türbereich!

Sie schloss die Augen. Ihr Tag! Es war ihr Tag!

Gegenüber auf der anderen Seite eine Frau! Eine elegante Frau! Eine schöne Frau!

In dunkler Jeans, cremefarbener Jacke und heller Bluse! Die schicke Tasche aus hellem, weichem Leder, passend zu den Schuhen, eng an sich gepresst.

Dann ihr Blick in ihrem Blick! Nur kurz! Einen Sekundenbruchteil lang!

Heidelinde und diese Frau, diese schöne Frau!

Ein kurzer Ruck! Die U-Bahn fuhr an! Setzte sich leicht schwankend in Bewegung, wurde schneller. Das Parkhaus verschwand. Draußen Autos. So viele Menschen. Alle unterwegs.

„Wo sie wohl hinfährt, diese Frau?", überlegte sie. „Macht sie sich auch einen tollen Tag oder ist sie beruflich unterwegs? Sie gefällt mir! Sie sieht gut aus! Was für eine schöne Frau!"

Heidelinde liebte das, sie liebte das Beobachten!

Eine Eigenbrötlerin, so sagten viele. Weil sie oft nur dasaß, ins Leere starrte und schwieg.

Sie aber beobachtete, sah sich alles ganz genau an, ganz genau.

Dann ging die Fantasie mit ihr durch. Dann tauchte sie ein in andere Welten, verlor sich in irgendwelchen Träumen und stellte sich das Leben und Denken der Anderen vor.

Wenn sie dann in deren Köpfen versank, balancierte sie in ihren Gedanken, spürte Wünsche und Träume.

Diese Auseinandersetzung liebte sie, das Spiel mit den Möglichkeiten.

Kein Detail entging ihr. Keine Regung blieb ungeachtet.

Manchmal begann es als Spaß, ihrer Vorstellung freien Lauf zu lassen, manchmal aber, wenn sie sich zu weit vorwagte, erschrak sie sich doch, ob der Kühnheit, die sie sich erlaubte.

Einmal nahm sie eine junge Frau mit in ihre Gedanken.

Es war auf einem jener Feste gewesen, an denen der Smalltalk Hof hielt, als zu vorgerückter Stunde die Männer angetrunken in ihren Sesseln hingen und die Frauen schäkernd und kichernd nach dem neuesten Friseur, den angesagtesten Läden, den trendigsten Schuhen inzwischen bei der Kosmetik angelangt waren.

Sie mochte etwas jünger sein als die anderen Frauen, mit einer zarten Alabaster-Haut. Das dunkelgrüne Seidenkleid schmiegte sich eng an ihren Körper. Die leicht rötlich getönten Haare reichten in großen Wellen bis über die Schultern herab und die Beine endeten in schwindelerregend hohen Schuhen, bei deren Anblick den Männern sicher die Hitze hinter die Schläfen trat.

Ihre grünen Augen, die beim Thema Kosmetik fast spöttisch aufblitzten, hatten längst ein bestimmtes Ziel angepeilt. Das war Heidelinde nicht entgangen.

Ihre Fantasiereise war in vollem Gang.

Schon hatte sie die arme Julie in ein Luder verwandelt, stets bereit, anderen Frauen die Männer auszuspannen. Sie arbeitete wenig, trank viel und in diesem Raum gab es kaum noch einen Mann, der sich nicht bereits eine wilde, atemlose Nacht mit ihr vorstellte.

Sie gab ihr ein betörendes Lachen, einen lasziven Blick, stellte sich Liebesszenen in Gebüschen vor, hörte ihr Gurren und das Stöhnen der Männer.

Dann, plötzlich von ihrer Gedankenreise zurück, sah sie eine blasse Julie, die auf gar nicht so hohen Schuhen in ihren Mantel schlüpfte, sich schnell verabschiedete.

Die Kinder würden warten, hörte sie noch, und am nächsten Tag sei es hart, ihr Klinikalltag als Krankenschwester beginne um fünf Uhr.

Dann kroch in Heidelinde ein wenig Scham hoch. Scham darüber, dass Eifersucht sie weggezerrt hatte. In diesen Augenblicken erschrak sie vor sich selbst.

Womöglich war etwas Böses in ihr?

Kein gutes Gefühl.

Manchmal schrieb sie auf, was sie beobachtet, was sie gedacht hatte, manchmal auch malte sie ein Bild. Es kam vor, dass dieses Bild nur Farben hatte. Warme und kalte! Gut und schlecht.

Franz verstand das nicht. „Malst du wieder?", fragte er nur, ein spöttisches Zucken in den Mundwinkeln, großen Unmut in der Stimme.

Franz, neben dem sie manchmal saß, mit dem sie manchmal sprach. Doch oft hörte sie ihn nicht. An solchen Tagen beobachtete sie die Fische, draußen in ihrem Teich. Sah zu, wie sie ihre Runden zogen, eingesperrt, eingeengt, so wie sie.

Ihre Mäuler machten die gleichen Bewegungen wie der Mund von Franz, wenn er Worte formte, die sie nicht erreichten.

Doch die Fische schienen ihr weniger penetrant, weniger fordernd und vor allem: Sie waren still.

Die U-Bahn war schnell unterwegs.

„Nächste Station Gwinnerstraße. Ausstieg in Fahrtrichtung rechts. Umsteigemöglichkeit zur Buslinie 44."

Die klare, deutliche Frauenstimme der Ansage. Der Zug wackelte.

Nur eine Minute weg von der Kruppstraße.

„Eine Jugendstilvilla. Sie wohnt in einer Jugendstilvilla!", dachte sie.

So ein Haus, wie sie es sich immer in ihren Träumen vorgestellt hatte. Sie lebte es, diese Frau. Das Leben ihrer Träume.

Eine herrschaftliche Villa in einem Garten mit altem Baumbestand. In so einem Haus hätte sie auch gerne gelebt. Das Haus in zartem Gelb mit je einem Turm rechts und links, mit hohen Räumen, alten Stuckdecken und Parkett. Edle Teppiche und große Bilder an den Wänden. Franz hielt nichts von Bildern. Wozu sollten sie gut sein? Sein einziger Kommentar dazu.

Sie jedoch streifte gerne durch die Galerien, immer davon träumend, auch einmal eines der Werke zu besitzen.

Sicher hatte diese Frau keinen Franz. Sie hatte einen Stefan.

Stefan war groß, blond, mit gepflegten Händen, gebildet und elegant. Ein Stefan, der sie verwöhnte, ihr jeden Wunsch von den Augen ablas. Natürlich kümmerte er sich liebevoll um die beiden Kinder. Ein Mädchen und ein Junge, beide ein Abbild ihrer schönen Eltern. Wie sie die Frau beneidete. Bei Stefan gab es öfters kleine Geschenke und Rosen, immer wieder Rosen. Kein Anlass nötig, und diese Rosen waren weiß.

Quietschen und ein kurzer Ruck. Die U-Bahn stand. Das Grunzen der Türen, wenn sie sich öffneten. Der kurze

Moment des Hin und Her, Herein und Hinaus. Der Luftzug mit Frische, ein kurzer guter Moment im muffigen Geruch des Abteils. Noch einige Stationen, bevor es in den Untergrund ging. Fünf Menschen herein, keiner hinaus. Wieder das Grunzen, dann der Ruck.

„Nächste Station: Schäfflestraße. Ausstieg in Fahrtrichtung rechts."

Die schöne Frau bewegte sich nicht. Heidelinde versank in ihren Gedanken.

Sie sieht blass aus, dachte sie, irgendwie angespannt.

Ob sie Sorgen hat? Bestimmt keine solchen wie sie. Bestimmt machte Stefan ihr keine Vorschriften. Bestimmt hatte sie keinen Buchs im Vorgarten, und wenn, dann musste sie ihn nicht selbst schneiden. Nein, nein, entschied sie: Kein Buchs.

Solche gepflegten Hände. Zartrosa Nägel, gleichmäßig maniküert. Diese Hände hatten noch nie im Garten gearbeitet. Noch nie.

Unwillkürlich legte sie ihre Hände in ihren Schoß. Übereinander. Erst links über rechts. Dann rechts über links, dann unter die Achseln.

Sie arbeitete im Garten. Unübersehbar. Aber sauber, sauber waren sie, ihre Hände, gleichmäßig geschnittene Nägel, mit Creme gepflegt.

Die Augen der anderen. Sie suchte sie.

Niemand sah sie an. Auch nicht die elegante Frau. Sie schien gar nicht hier. Sie atmete flach. Ab und an zitterten die Nasenflügel ihrer schmalen Nase, öffnete sie einen Spaltbreit die Lippen, ab und an schluckte sie. Jetzt blickte sie starr in Heidelindes Richtung. Die feinen Fältchen unter den Augen zart geschminkt, dunkler Lidschatten über dunklen graublauen Augen. Lidstrich und Wimperntusche perfekt aufgetragen.

Jetzt bemerkte sie, dass sie angestarrt wurde. Für eine Sekunde trafen sich erneut ihre Augen, drehten, als zuckten sie zusammen, sofort wieder ab. Sie holte tiefer Luft, krampfte mit ihrer rechten Hand fester an der Tasche. Unangenehm. Es war ihr unangenehm. Ganz eindeutig. Sie wollte nicht angesehen werden. Sie wollte Abstand!

Heidelinde sah weg. Peinlich berührt!

Die U-Bahn fuhr an.

„Nächste Station: Johanna-Tesch-Platz. Ausstieg in Fahrtrichtung rechts!"

Draußen die elektronische Anzeigentafel:

U 7 Hausen

U 4 Bockenheimer Warte

Und darunter ein Laufband mit gelber Leuchtschrift: „Bitte beim Ein- und Aussteigen auf die Stufe zwischen dem Bahnsteig und dem Fahrzeug achten."

Die Uhr zeigte 9 Uhr 8 Minuten.

3

Constanze hatte sich den Tag nicht ausgesucht.

Es war ihr so gesagt worden.

„Kommen Sie am 19. April!"

Sie hatte in ihren Terminkalender gesehen und den Tag für gut befunden. Ein Dienstag.

Das passte. Hauptsache, kein Montag und kein Freitag. Kein Montag, weil er nach dem Sonntag kam, und kein Freitag, weil er vor dem Sonntag war.

Für diesen Termin wollte sie weit weg sein vom Sonntag.

Freitags wollte sie sich einstimmen auf das Wochenende und montags lebte sie es nach.

Dazwischen konnte dann alles andere geschehen.

„Muss ich etwas beachten?" Sie hatte es leise gefragt.

„Nein!" Die Dame im weißen Kittel sah nicht hoch. Geschäftig blickte sie in ihren Computer, tippte mit den Fingern auf der Tastatur herum.

Sie hielt sich für einen Moment mit aufgestütztem Arm die Finger an die Lippen, den Zeigefinger nach oben, den Daumen unters Kinn und die drei anderen nach unten in Richtung Unterlippe weisend, und seufzte.

Ihre wirren, grellblonden Haare ließen wenig Blick auf ein kleines, zartes Gesicht mit einer spitzen Nase zu. Längst wäre eine Nachtönung fällig. Ein dunkler, breiter Streifen vertrieb das Blond in der Mitte des Kopfes. Sie mochte Ende dreißig, Anfang vierzig sein.

„Nein!" Jetzt sah sie auf! Nur kurz!

Dann wiederholte sie nochmals: „Nein! Nichts nötig! Nur nüchtern sollten Sie sein!" Damit wandte sie sich wieder ihrem PC zu.

War das nichts? Nüchtern?

Constanze nickte in Richtung der Vielbeschäftigten.

„Gut! Um zehn!" Sie bekam keine Antwort mehr.

Unschlüssig stand sie vor dem Schreibtisch. Sie bekam keinen Blick mehr.

Teilnahmslos das Gesicht. Wieder die Finger an den Lippen, aber diese jetzt gespitzt.

Constanze wartete noch einen Augenblick. Legte noch einmal die Hand auf die Ablage, die Hand, die den Zettel hielt. Auf dem Zettel stand: Termin: Dienstag, 19. April, 10 Uhr.

Der weiße Kittel erlaubte der Blonden das. Dieser Kittel erlaubte ihr, mit Menschen so umzugehen. Sie hatte Macht! Große Macht! Sie vergab Termine!

Mit Sorgfalt natürlich. Ohne Regung, auch natürlich! Und genau!

Für diese Terminvergabe war Constanze die Nummer 12. Nummer 12 war abgefertigt, vorgemerkt, eingetragen, registriert und aufgeklärt. Alle Unterlagen ausgefüllt, unterschrieben und abgegeben. Alle Instanzen durchlaufen, alles ging seinen Gang.

Nicht für Constanze. Sie zitterte. Unmerklich nur. Ihr Magen krampfte. So stand sie da. Noch eine gute Weile! Eine Nummer! Nummer 12! Nichts war mehr, wie es vorher gewesen war, denn sie hatte jetzt einen Termin!

Das war nun eine Woche her!

Eine Woche, in der die Zeit stillgestanden hatte. Eine Woche schönen Wetters, nur noch etwas kühl in der Nacht. Eine Woche voll blühender Bäume und lachender Menschen. Eine Woche voller Zweifel und eine Woche voller Angst.

War das richtig, was sie machte? Hatte sie richtig entschieden? Konnte sie allein entscheiden? Und was, wenn es falsch war? Würde sie weiterleben können? Wäre dann alles wie immer?

Eine Woche konnte lang sein. Sie konnte quälen. Und sie tat es. Und sie hatte den Sonntag. Aber der Montag hatte nichts, was sie hätte nachleben können. Er war einfach nur leer.

Nun war er da, dieser 19. April. Mit einer prachtvollen Sonne, die die Nacht mit einem fulminanten Morgenrot beendete, schien er so schön zu werden wie kaum einer der Apriltage vorher.

In diesem Jahr waren sie alle zu trocken gewesen, aber sonnig. Der Regen fehlte und pappiger gelber Blütenstaub klebte überall. Er begann auch wärmer, dieser Tag, wärmer als die Tage vorher. Niemand hatte dem Tag gesagt, dass all das nicht gewünscht war.

Nein, nicht mit dem Auto in die Stadt. Das würde sie nicht schaffen. Und ein Taxi? Nein, auch das nicht. Nur keine Mitwisser, nur keine Nähe, und sei sie noch so fremd. Sie wollte alleine sein. Sie musste alleine sein.

Sie hatte sich den Tag nicht ausgesucht.

Es war ihr so gesagt worden.

Was sollte sie anziehen für so einen Termin?

Nein, nichts Buntes. Eine Jeans, ziemlich dunkel, eine helle Bluse, eine cremefarbene Jacke, keinen Schmuck, keine auffallende Wäsche. Dafür war nicht der Tag.

Eine große Sonnenbrille würde sie brauchen. Für danach! Ihr war übel. Der Vollmond hatte ihr durch eine lange schlaflose Nacht geleuchtet.

Der Brechreiz hatte sich am Morgen verstärkt.

Das würde vorbei sein! Hinterher! Nach ein paar Tagen würde sie sich wieder gesund und stark fühlen. Gegen mögliche Depressionen gäbe es Tabletten. Sie solle sich dann gut ablenken. Vielleicht ein Urlaub! Das würde passen!

Außerdem kämen Frauen in ihrem Alter schon klar!

In ihrem Alter! Sie war jetzt 44 Jahre alt. Zu alt! Sagten sie! Auch wenn sie sich jung fühlte. Auch wenn die Haut noch straff und die Falten wenig waren. Zu alt! Für viele Dinge, so sagte man.

Man sagte auch, dass jenseits der Vierzig alles zu Ende wäre, dass die Frauen verbraucht, dass sie nicht mehr gefragt wären. Noch fühlte sie nichts davon.

Noch immer war sie schlank. Sehr schlank. Noch immer trug sie eine wallende blonde Haarpracht, noch immer trug sie Highheels, noch immer bekam sie Komplimente.

Jetzt saß sie in der U-Bahn. Abfahrt 9 Uhr 4. Kein Ort für sie. Damit war sie kaum unterwegs gewesen.

Sie hasste die Dunkelheit der Tunnels, die stickige Atmosphäre in den Wagen, die vielen unterschiedlichen Menschen, die Hektik, das Zuviel und das Zuwenig.

In Enkheim war sie eingestiegen. Endstation der U 7 und U 4. Fahrt mit der U 7 zur Station Alte Oper. Mit dem Bus zur U-Bahn. Linie 42. Das Ticket vom Fahrer bezogen, für einen ganzen Tag, am einfachsten. Nur kurz hatte sie warten müssen.

„Nächste Station Hessen-Center, Ausstieg in Fahrtrichtung rechts."

Schnell da. Nur eine Minute.

Am Bahnsteig gegenüber der Fahrkartenautomat! Beschriftet mit dem RMV-Zeichen und dem Wort „Fahrkarten"! Grellblauer Deckel. Der Rest graugrün. Die Überdachung im Bahnhof Rundbögen aus Glas.

Drei graue Gittersitze nebeneinander auf jedem der Bahnsteige. Darüber je ein Holzbrett, abgewetzt, verwittert.

Ein Mann, der dort saß. Lange, zottige schwarze Haare, auf dem Kopf ein Kopfhörer, einen blauen Rucksack neben ihm, in ein Buch vertieft.

Auf der anderen Seite das Hessen-Center mit der großen Schrift auf blauem Grund. Manchmal kaufte sie da ein. Bummelte durch die Geschäfte.

Alles so fern! So unwichtig!

Dann der Blick auf die U-Bahn der Gegenrichtung! Drei große Wagen mit je zwei Abteilen.

Constanze las die Aufschrift auf dem zweiten Wagen: „Frankfurts schnellstes Schlafzimmer, die Busse und Bahnen der VGF."

Sie fühlte sich fremd. Unwohl. Allein.

Aber sie hatte, was sie wollte. Anonymität, Schweigen. Kaum Menschen. Niemand beachtete sie.

Der Zug fuhr an.

„Nächste Station Kruppstraße, Ausstieg in Fahrtrichtung rechts." Die helle, angenehme Stimme des Bandes.

Draußen Autos, ein Schuhshop, strahlender Sonnenschein und die Bäume so grün, als wäre es bereits Sommer.

Ein zartes Mädchen zwei Reihen weiter. Schräg saß sie auf der grellblau-türkis gemusterten Bank. Silberne Kopfhörer im Ohr, die Augen geschlossen, ungeschminkt. Schütteres, dünnes Haar, hinten mit einem schwarzen Band gefasst, dünne silberfarbene Brille, ein paar kleine, deutliche Pickel am Kinn, ein farbloses Wesen. In der Brusttasche der schwarzen Jacke steckte das Gerät, zu dem die Kopfhörer führten. Die Hände ineinandergelegt auf ihrem Schoß. Ab und an streifte der Daumen der linken Hand über den rechten Handrücken.

Was sie wohl dachte? Was sie wohl vorhatte?

Constanze hatte die Nähe der Menschen nie gemocht. Doch hier, in der quälenden Enge dieses U-Bahn-Wagens, zwischen den Haltestangen und den Sitzen, hier waren sie ihr weniger nah, als sie befürchtet hatte.

Hier waren ihre Körper, ihre Arme, ihre Beine, ihr Geruch, ihre Anwesenheit, aber diese Menschen versammelten sich alle in einer merkwürdigen Distanz. Ihre Augen blickten sie an, sahen durch sie hindurch. Reglos, gefühllos, unbeeindruckt.

Niemand schien die anderen wahrzunehmen. Eine geschlossene Abteilung!

Distanz und Nähe, merkwürdig angeordnet an einem merkwürdigen Ort.

Dann das schleifende Geräusch der Bremsen. Haltestelle Kruppstraße. 9 Uhr 5.

Sie stand draußen.

Helle Jeans, eine weiße Jacke aus gecrashtem Stoff, darunter ein fliederfarbenes Shirt, weiße Turnschuhe, eine cremefarbene, große Stofftasche. Die Haare braun und etwas länger, etwa bis an die Schulter reichend. Dunkler Lidschatten, roséfarbener Lippenstift, zarte Haut, eine leicht geschwungene Nase im ovalen Gesicht, über den vollen Lippen.

Sie lächelte.

Eine Frau, die lächelte. Niemand heute Morgen hatte gelächelt. Nicht die Menschen an der Bushaltestelle, nicht der Busfahrer, nicht die Menschen im Bus und auch nicht die Menschen an und in der U-Bahn. Sie alle schotteten sich ab.

Ausdruckslose Mienen in ausdruckslosen Gesichtern, mit ausdruckslosen Augen.

„Wehe", gaben sie alle zu verstehen, „wehe, wenn mir jemand zu nahe kommt!"

Aber diese Frau, sie lächelte.

Sanft rollte die U-Bahn an sie heran. Für eine Sekunde schien sich ihr Blick mit dem von Constanze zu treffen. Doch die Scheibe ließ die Vereinigung nicht zu.

Die Frau sprang in den Wagen, leichtfüßig, fröhlich. Ihr Blick schweifte von links nach rechts durch das Abteil. Schließlich setzte sie sich gegenüber auf eine noch leere Zweierbank.

Ein leichter Ruck. Der Zug fuhr an.

„Nächste Station Gwinnerstraße! Ausstieg in Fahrtrichtung rechts! Umsteigemöglichkeit zur Buslinie 44."

Constanze lehnte sich zurück. Irgendwie würde sie diesen Tag überstehen. Er würde vorübergehen, so wie alle anderen Tage, um dann nur noch ein Tag im Kalender zu sein, vergangen, gelebt und irgendwann vergessen.

Aber würde sie diesen Tag jemals vergessen können?

Sie schloss die Augen. Emanuel! Liebte sie ihn? Oder war es nur Faszination?

Die Faszination eines jungen, straffen, erregenden Körpers, seine schwarzen Haare, die dunklen Augen, seine sanften Hände? Hatte sie es noch im Griff? Oder war es ihr entglitten?

Wie hatte sie es nur zulassen können?

Sie hatte doch geahnt, dass sie niemals mehr als nur die Geliebte sein würde, dass sie betrogen würde, kaum, dass er ihr Bett verlassen hatte.

Sie würde damit klarkommen, hatte sie sich eingeredet. Die Stärke der reifen Frau würde ihr jederzeit die Kraft geben, eine unsägliche Situation zu beenden. Sie brauchte sich nicht sorgen. Sie hatte doch alles im Griff. Sie war diejenige, die Entscheidungen traf. Sie nahm sich, was sie brauchte, und gab, was sie wollte.

Aber jetzt, jetzt war sie allein. Allein in der U-Bahn auf dem Weg zur Alten Oper in Frankfurt.

Die Frau da drüben – ihr Blick traf wieder auf Heidelinde – auch sie war allein.

Wo sie wohl hinwollte? Was sie wohl vorhatte? Sie könnte Gaby heißen oder auch Barbara oder Sandra.

Draußen auf der Straße stritten sich ein Mann und eine Frau. Im Auto. Sie gestikulierte wild. Eine schwarze Limousine im Schritttempo im Stau der Großstadt.

Hier lief die Straße parallel zu den Schienen. Rechts stadteinwärts. Links stadtauswärts.

Das Auto blieb an der roten Ampel zurück.

Er hielt finster schauend das Lenkrad fest. Ein paar Sekunden Schmunzeln für Constanze. Das kannte sie. Das hatte sie jetzt hinter sich. Niemand mehr, der sich einmischte, und schon gar niemand mehr, neben dem sie sitzen musste, während der wie ein Verrückter Gas gab.

Keine Kommentare mehr, wenn sie am Steuer saß. Stattdessen Ruhe und Frieden.

4

Auch Heidelinde bemerkte ihn, den Streit im Auto. Ganz kurz nur erhaschte sie einen Blick durch das gegenüberliegende Fenster, der Wagen im Stau und darin die Frau und der Mann. Seine grimmige Miene. Ihr wütendes Gesicht.

Heidelinde lächelte. Strich sich mit der linken Hand die Haare aus dem Gesicht und lächelte. Franz und sein Auto. Auch kein erfreuliches Thema. Sie könnten das sein da draußen. Sie beide!

Besser schweigen! Das hatte sie gelernt.

Aber umgekehrt! Nervige Kommentare.

„Ist dir bekannt, dass dieses Auto ein Gaspedal hat?

Pass doch auf, der hat Vorfahrt!

Achtung!!! Rot!!!

Soll ich für dich einparken?

Ja, nun fahr doch näher ran! Wie parkst du denn wieder ein? Soll ich das nächste Mal für dich die Straße sperren lassen?

Mein Gott, Heide! Mein schönes Auto!"

Heidelinde lächelte wieder! Klar, das da draußen! Das könnten sie beide sein!

„Sie lächelt!", dachte Constanze.

„Die Einzige hier, die lächelt! Sie wird einen schönen Tag vor sich haben! Sicher hat sie ihn schon gut begonnen. Sie hat einen Mann, der mit ihr gefrühstückt hat, der sie verwöhnt und ihr Blumen schenkt, und sie hat Kinder, zwei oder drei, Jungen und Mädchen, und sie ist glücklich! Wie ich sie beneide, diese Frau!"

„Diese schöne Frau!", dachte Heidelinde.

„Ihr geht es sicher gut! Sie wird verwöhnt werden von ihrem Mann. Ob sie wohl Kinder hat? Sie ist so gepflegt! Die Hände!"

Verschämt steckte sie ihre Hände unter ihre Tasche.

„Sie hat so wunderschöne Hände! Mein Gott, so möchte ich auch sein!

Wie ich sie beneide, diese Frau!"

„Nächste Station: Gwinnerstraße, Ausstieg in Fahrtrichtung rechts."

Die Bremsen quietschten, die U-Bahn stand.

Neue Menschen drängten sich auf dem Weg in die Stadt. Auf dem Weg in ihren Tag. Einige waren hinausgehuscht und der Zug ließ sie zurück, während sie noch auf dem Bahnsteig Richtung Ausgang hasteten. Alle in Eile, alle in Hektik, alle allein.

Emanuel!

Constanze sah ihn wieder vor sich. Sehnte sie sich nach ihm? Ja, ein wenig! Sie sehnte sich nach Beistand, nach Liebe, nach Händen, die sie hielten. Gerade jetzt, gerade hier, gerade heute.

Und die Schaukel fiel ihr ein. Die Schaukel im Garten der Großmutter. Opa und Oma. Bei ihnen war es immer so schön gewesen. Ein wilder Garten, aber doch mit so viel Liebe gepflegt, mit Sitzplätzen, einem Holzhäuschen und ebenjener Sitzschaukel unter dem alten Nussbaum, auf der sie ihren Gedanken nachhängen konnte. Dort gab es auch Stachelbeeren, Johannisbeeren und Obstbäume.

Ging es ihr schlecht, konnte sie mit dem Baum sprechen. Er hörte zu. Er schwieg. Allenfalls die Blätter raschelten leise. Er gab Kraft. Er machte Mut. Er war einfach da. So wie die Oma.

Auch sie hatte fast immer einen Rat.

„Nein!", dachte Constanze. „Nein!" Jetzt würde sie auch keinen haben! Sie würde nicht wissen, wie sie ihr helfen könnte! Nein, sie wäre allenfalls so verzweifelt wie sie selbst.

Die Erinnerung an ihren Tod schmerzte noch immer, denn mit der Schaukel schlich sich auch dieses Andenken wieder und wieder bei ihr ein.

Nierenversagen. Langsam und doch zu schnell.

Das Heben und Senken ihres Körpers. Die Grausamkeit der gehetzten Atmung. Die letzten Stunden.

Doch dann, als es ans Ende ging, blieb sie allein. Weil man es so wollte. Weil sie alle hinausgeschickt wurden, weil sie nicht dabei sein sollten.

Das verfolgte sie, auch jetzt, bis in die U-Bahn, und in ihrer Einsamkeit spürte sie die Einsamkeit der Großmutter in den letzten Stunden.

Hatte sie Schmerzen gehabt?

War sie voller Angst gewesen?

Hatte sie gespürt, dass man sie alleingelassen hatte?

Würde es ihr auch einmal so gehen?

Würde man sie alleinelassen, dann, wenn es ans Sterben ging?

Wer würde bei ihr sein? Wer würde die Kraft und den Mut haben?

Und: Würde das Schicksal es überhaupt zulassen?

Sie zwang sich zur Schaukel zurückzufinden. Die Schaukel unter dem Nussbaum.

Sie zwang sich aus dem Fenster zu sehen.

Sie zwang sich, für Sekunden die Augen zu schließen.

„Franz!" Heidelinde seufzte. Wie gut, dass sie heute alleine war. Was war es nur, dass sie ihn so schlecht ertrug?

War es das „Jetzt nicht!", wenn sie ihn um etwas bat, oder seine durchweg schlechte Laune, wenn er vom Dienst nach Hause kam? War es seine Art sein Brot zu schneiden oder das immer gleiche Ritual mit dem Buttermesser auch in die Marmelade einzutauchen? War es die Zeitung, die er dann geräuschvoll auffaltete?

„Ja!", dachte sie jetzt. „Das alles ist es und noch viel mehr!"

Sorgfältig faltete er am Abend seine Kleidung zusammen, zog bei seinem Pyjama immer zuerst die Jacke an, um sich dann zu setzen, die Hose über die Beine zu streifen, nochmals aufzustehen und dann tief seufzend diese hochzuziehen.

Dieses grunzende Geräusch! Wie sie es hasste!

Seine Blicke, wenn er um sein Auto herumging, wenn sie gefahren war! Die Skepsis, wenn sie losfuhr, die Sorge um die Kratzer, wenn sie zurückkam.

Kein Interesse an ihrem Tagesablauf. Nur ein kurzes „Hallo! Bin zurück! Ist das Essen schon fertig?". Seine Art, ihr liebevoll gekochtes Essen hineinzuschlingen, ohne ein Wort. Schon lange wagte sie es nicht mehr, etwas Neues auszuprobieren! Jedes einzelne Wort dazu hätte sie gewusst.

„Was ist das? Hatten wir das schon einmal? Schmeckt dir das etwa?" Dann wäre er wortlos aufgestanden, hätte sie mit dem Essen zurückgelassen und sofort das Haus verlassen, wohl um an der nächsten Wurstbude eine Currywurst zu holen, die er demonstrativ ihrem Essen vorgezogen hätte.

„Nächste Station Schäfflestraße, Ausstieg in Fahrtrichtung rechts!"

Draußen die Autos, drinnen die Menschen. Der Griff der Stehenden an den Haltestangen.

Eine Rechtskurve. Unmerkliche Bewegungen aller Körper. Aber keine Mimik.

Kein Wort. Keine Mitteilung einer Regung. Kein Ausdruck irgendeines Gefühls. Jeder mit sich alleine in der Rechtskurve, in der U-Bahn, in der gemeinsamen Zeit, die keine gemeinsame Zeit war. Nur das Quietschen der Räder in der Schiene, ein mühsames Schleifen, ein quälendes Geräusch!

Jetzt Wechsel der Autos von rechts nach links. Dort auch eine Häuserreihe, die Riederwaldsiedlung. Rechts eine Grünanlage, dahinter Wohnblöcke!

Ein kurzer Blick zu der schönen Frau. Ihr Kopf zur anderen Seite gedreht. Ein glitzernder Ohrring schimmernd unter ihren Haaren. Hatte sie die Augen zu?

Heidelinde besaß keine Ohrringe. Wozu auch?

„Sieht man eh nicht!", hatte Franz befunden. „Man kann sein Geld für sinnvollere Dinge ausgeben!"

Heidelinde dachte an ihre seidene Wäsche.

Sinnvoll, was war schon sinnvoll?

Heute würde sie neue kaufen! Neue sinnlose Wäsche! In dem wunderschönen Geschäft am Ende der Goethestraße.

Sie versank in ihren Gedanken und die U-Bahn fuhr.

Das zarte Mädchen mit den Pickeln am Kinn wippte im Takt der Musik. Die Augen behielt sie geschlossen.

Auf der anderen Seite eine grüne Glasflasche, vergessen zwischen Sitz und Wand.

Im Raum die Stille. Die Stille der Menschen.

5

Auch für Franz war der Tag besonders.

Wie immer, wenn Heidelinde in die Stadt gegangen war.

Im Grunde liebte er diese Tage, wenn sie nicht da war.

Im Grunde aber missgönnte er es ihr auch.

Im Grunde konnte er schon lange nicht mehr mit ihr.

Im Grunde wollte er alleine sein.

Aber genau das hätte er niemals zugegeben.

Das Leben, so meinte er, wies einem Rollen zu, die man zu erfüllen hatte.

Im November würde er 51 Jahre alt werden. Blickte er auf die Jahre zurück, an die er sich erinnern konnte, so nickte er ganz zufrieden mit dem Kopf. Er hatte alles gut gemacht. So gut er eben konnte.

Das Abitur war ihm schwergefallen, aber dann, bei der Bundeswehr, war er in seinem Element. Starre Ordnungen, das Unterwerfen anderer, das lag ihm. Dort hätte er auch bleiben können. Einen Panzer hatte er fahren dürfen. Da hatte er sich immer mächtig gefühlt, mächtig und großartig. Franz und sein Panzer. So viel Stahl und es gehorchte ihm, dieses riesige Gerät.

Doch für ihn war vorgesehen, dass er Lehrer wurde.

„Da hast du später deine Pension!", hatte der Vater gesagt und Franz wusste, dass Widerspruch zwecklos war.

Also lief Franz in der Spur.

Er hatte ein Haus gebaut, nicht nur einen, nein, mehrere Bäume gepflanzt, in dem kleinen, beschaulichen Garten hinter dem Haus, hinter dem Haus mit dem Buchs im Vorgarten.

Er hatte zwei Kinder gezeugt, und da er ganz genau wusste, dass ein Mann zuerst einen Sohn zeugen musste, hatte er immer verschwiegen, dass von den Zwillingen die Tochter die Erstgeborene war. Das war wichtig, jedenfalls für ihn.

Seiner Pflicht war er also nachgekommen. Und noch mehr als das. Aber das verschwieg er auch.

Franz war ein Einzelkind, der ganze Stolz seiner Mutter und für seinen Vater eine Möglichkeit, sich selbst zu verwirklichen. Nur war der Franz keiner von den kräftigen, vorlauten kleinen Kerlen. Er war eher zart, ein wenig zurückhaltend und ängstlich. Nicht so ein ganzer Kerl, wie der Vater ihn sich wünschte.

Franz hatte vom Vater gelernt, wie man Frauen behandelte, und von ihm wusste er auch, dass Frauen grundsätzlich nicht Auto fahren konnten.

Das war ganz klar. Eine Frau kann das nicht. Es liegt ihr nicht, das Technische, und selbst der Versuch, dem nahezukommen, misslingt ihr.

Sie ist einfach nicht dafür gemacht, die Frau. Sie taugt nicht dafür!

Haushalt, Kinder kriegen, Mann versorgen, das ist ihr Ressort.

Seine Mutter liebte das Theater! Nur durfte sie nie dorthin.

„Was willst du da?", fragte sie ihr Mann. „Das ist doch reine Zeitverschwendung. Du kannst derweil Besseres machen!"

Später, viel später sagte Franz genau diesen Satz zu seiner Frau: „Was willst du da? Du hast Besseres zu tun!"

Später sagte er auch: „Autofahren ist doch wirklich nichts für dich!"

Franz spielte Fußball und dann ruderte er. Er ruderte sich in die Mannschaft und ruderte sich in seinen Freundeskreis. Wenn das Paddel auf dem Wasser aufschlug, wenn die Kraft des Schlages das Boot nach vorne zog, dann fühlte er sich frei und auch hier herrschte das Gesetz der Ordnung. Alle schlugen im gleichen Takt.

Seine Freunde, gestandene Männer. Männer mit vorbildlichen Frauen. Frauen, die nicht ins Theater gingen. Frauen mit Vorgärten. Mit gepflegten Vorgärten.

Eigentlich war Franz ängstlich! Er hätte lieber mit Puppen gespielt als mit Autos oder Eisenbahnen. Franz, der kleine Junge mit großen braunen Augen, blonden Locken und zarter Haut. Immer hatte er diese Haut vor der Sonne schützen müssen. Er schämte sich wegen der vielen braunen Leberflecke und noch mehr wegen der Sommersprossen, die ihm die Sommersonne jedes Jahr aufs Gesicht zauberte.

Einen Teddybären hatte er haben dürfen. Aber er versteckte ihn unter seiner Bettdecke. „Ein starker Junge hat keinen Teddy", hatte man ihm gesagt und: „Ein starker Junge weint nicht. Niemals!"

Wie schön es doch die Mädchen hatten, dachte er oft. Sie durften weinen, wenn sie sich das Knie aufgeschlagen hatten. Er durfte das nicht. Es galt die Zähne zusammenzubeißen, stillzuhalten. Einmal, einmal war er gestürzt. Die Straßen waren nicht geteert. Der seit Tagen anhaltende Regen hatte den Boden aufgeweicht. Große Pfützen.

Als er mit einem Loch in der guten Hose nach Hause kam, strafte man ihn noch mit zwei Ohrfeigen ab, nannte ihn einen Taugenichts. Die Strafe drakonisch. Nichts zu essen und zwei Tage Hausarrest. Unbarmherzig der Vater, hart und streng.

Die Wunde wurde nicht versorgt. Als sie eiterte, kam Mutters Kommentar.

„Da siehst du, wie schlecht du bist, Bub. Die Schlechtigkeit kommt schon aus dir heraus!"

Nur Oma Anneliese, liebevoll von ihm Annenine genannt, vermochte ihn zu trösten, gab ihm Halt und ab und an eine warme Umarmung.

Doch das durfte sie nur, wenn die gestrengen Eltern nichts davon mitbekamen. Waren sie in der Nähe, schwieg auch Oma Annenine, aber er konnte sehen, dass sie mit ihm litt, dass ihr Herz sich verkrampfte und ihre Seele um Hilfe schrie.

Dennoch, trotz aller Widrigkeiten oder vielleicht gerade deshalb, entwickelte sich der Bub.

Der Lehrerberuf später, nicht sein Traumberuf, aber einer, der ihn krisenfest ernährte und ihn aufsteigen ließ im kleinen Dorf, zum Konrektor und schließlich Rektor mit einem Platz im Gemeinderat und dem Vorsitz verschiedener Vereine. Er hatte etwas zu sagen. Er war etwas.

Er war zufrieden. Zufrieden mit sich, mit seinem Leben, auch wenn er sich bewusst war, dass er mehr hätte erreichen können.

Natürlich kam es vor, dass er mit sich haderte, dass er sich ausmalte, wie es hätte sein können. Er als Chef einer großen Firma oder als Chefarzt oder oder …! Er hatte seine Chancen vertan, nicht zugegriffen, nicht angepackt. Das wusste er!

Von daher war auch das Geld immer knapp. Seine Hobbys musste er sich absparen. Golf spielte er noch immer nicht. Aber Tennis und Rudern, das konnte er sich leisten. Geschickt erklärte er sich! Das war es, was ihn interessierte. Alles andere kam doch für ihn nicht infrage.

Heidelinde war ihm eine gute Frau. Keine, die ihm zu viel Aufsehen bescherte, aber eine, die ihm ordentlich den Haushalt führte. Sie erfüllte ihre Pflicht, er die seine. So war es gedacht.

Damals war er überrascht gewesen, wie schnell er sie geheiratet hatte, obwohl es doch gar nicht seine Absicht gewesen war, so früh zu ehelichen. Es ergab sich so. So ohne Worte, ohne Nachdenken. Als hätte alles so sein müssen.

„Ich liebe dich!", hatte sie gesagt und er hatte „Ja!" geantwortet.

„Kannst du dir vorstellen, dass wir beieinanderbleiben?", hatte sie dann gefragt und unweigerlich hatte er erneut mit „Ja!" geantwortet. Von da an war es klar.

Sie waren ein Paar. Genau bedacht war es gut so. Es fehlte die Leidenschaft, die Gier, aber ohne sie fehlte auch die Streitsucht, der Hass.

Erst als er Monika traf, wusste er, wonach er sich gesehnt hatte, all die Jahre. Sie war so anders. So voller Wonne und Begehren. Was sollte falsch daran sein, dass er sich den Gesetzen beugte und seiner Lust im Geheimen nachgab? Er war ein Mann. Ein Mann voller Drang, mit Bedürfnissen, die gestillt werden wollten, warum hätte er das nicht befriedigen sollen? Schon als es das erste Mal geschehen war, war er ihr verfallen.

Ihr Mund, ihre vollen Lippen, die seidigen blonden Haare, ihr wippender Gang, ihre vollen Brüste. Er hätte ihr gar nicht widerstehen können.

Es geschah schnell, im Dunkel der Nacht, in einer engen Gasse, gleich hinter der Kirche. An die Wand gepresst drängte sie sich ihm entgegen. Er nahm sie im Rausch einiger Minuten, spürte ihren heißen Atem an seinem

Kopf, ihre Hände an seinem Rücken, das wilde Klopfen ihres Herzens an seinen Ohren. Er hatte sich fortreißen lassen von seiner Lust, ertrinkend in der ihren, benommen von dem Glücksgefühl, zu begehren, zu spüren und in einem wilden Höhepunkt zu explodieren.

Franz dachte nicht viel über Frauen nach. Im Grunde.

Es schien ihm nicht so wichtig. Sie waren da, die Frauen. Alles, was er brauchte, war ihm verfügbar. Es bedurfte keiner unnötigen Gedanken. Zudem verstand er sie nicht. Sie waren ihm fremde Wesen.

Heidelinde war adrett, an den richtigen Stellen ein wenig drall, sauber, was ihm sehr wichtig erschien, gescheit obendrein, aber nicht zu viel, denn das war nicht sein Ding.

Beherzt hatte er zugegriffen damals, dass kein anderer sie ihm wegschnappte. Ein gütiges Lächeln huschte ihm stets übers Gesicht, wenn er daran dachte. Es war ja nicht um Liebe gegangen. Es ging um Versorgen, um Familie, um Regeln, um die Ehe.

Das hatte er gut gemacht. Der Rest war Erziehung. Ein Schleifen. Ein Biegen. Und Beharrlichkeit!

Heute schaute er mit Genugtuung auf sein Werk. Es war ihm gelungen wie nichts anderes. Heidelinde und seine Wünsche! Harmonie pur!

Dass ab und an der Mann in ihm erwachte, dass auch er seinem Verlangen nicht Einhalt gebieten konnte, wer mochte ihm das verwehren? Hätte er eine andere Frau genommen, wäre er dann nie fremdgegangen? Solche Gedanken drückte er weg. Es war männlich, was er machte! Es war zweckmäßig! Es war unentbehrlich!

Es war eine notwendige Kleinigkeit!

Ein wenig wehmütig dachte er an Heidelindes Wäsche. War es ein Wunder, dass die Erotik irgendwo im kleinen Muster des beigefarbenen Vorhanges gegenüber dem Bett verloren gegangen war? Nie hatte er sie anders gesehen als in weißen oder cremefarbenen Unterhosen, weit entfernt von jenen, mit denen Monika ihn stets betörte. Die großen, breiten Schlüpfer schmerzten ihn in den Augen, zwangen ihn, wegzusehen. Die Büstenhalter, die sie nicht einmal dazu passend trug, waren nur eines, zweckmäßig.
Dagegen die zarte Spitze, die Monikas Haut berührte, in Rot, in zartem Blau oder auch in Schwarz. Eine Wäsche, die ihn elektrisierte, wenn er nur daran dachte, die sein Blut in Wallung brachte.
Franz fühlte nichts Falsches. Schon immer hatte er alles recht geredet. Die Größe seines Ichs stellte er niemals infrage. Das ließ er auch von niemandem sonst zu.
Sein Leben lief in geordneten Bahnen.

6

9 Uhr 8.

Die U-Bahn hielt an der Schäfflestraße.

Ein junger Mann drückte den Öffnungsknopf.

Es folgte das mechanische Geräusch der elektrisch betä-
tigten Türen. Der Mann sprang hinaus.

Constanze dachte an ihren Garten.

Das war ein gepflegter Garten gewesen. Die große Rasen-
fläche in der Mitte, akkurat umrandet mit Pflastersteinen
für das einfache Mähen. Gleich vorne am Haus der
Swimmingpool, aus dunklem Granit, vier Liegen, eine
Sitzecke. Das dunkle Wasser strahlte so viel Ruhe aus.
Wie sie das Schwimmen geliebt hatte. Gleich morgens,
wenn der Tau noch auf den Gräsern lag, die ersten Vögel
zwitscherten und niemand störte.

Gegenüber der Grillplatz mit dem großen rechteckigen
Tisch.

Die Grillgelage mit den Freunden. Das große Feuer. Die
langen warmen Nächte.

Weiße Rosen überall und auf der anderen Seite, am Ende
des geraden Weges, die große Rotbuche.

Keine Schaukel. Aber eine große, breite Liege. Ihr Lieb-
lingsplatz.

Manchmal sprach sie mit der Rotbuche, so wie sie als
Kind im Garten von Oma und Opa mit dem Nussbaum
gesprochen hatte. Bäume nahmen Sorgen auf, das wusste
sie. Bäume hörten zu. Bäume konnten trösten, sie ver-
weigerten sich nie.

Unter jene Buche hatte sie sich auch gesetzt, als die
Großmutter verstorben war, als jene bittere Aufgabe, ihre

Wohnung zu räumen, den größten Schmerz bereitet hatte.

Vier Zimmer nur. Nicht allzu groß, gefüllt mit einem vergangenen Leben.

Ihre Dias. Hunderte. In kleinen Plastikkästchen, schön sortiert.

Ihre Fotoalben.

Erinnerungen, bittere und wunderschöne.

Zeugen eines Lebens.

Da war sie, die Vergangenheit.

So nah, so wirklich.

Eingebunden in Leder.

Abgegriffen. Abgescheuert. Voll Flecken.

Fotos hinter Pergament.

Schwarz-weiß in Fotoecken.

Pfingsten 1938.

Feinsäuberlich mit weißer Tinte geschrieben.

Akribisch. Schön.

Die Burg Rheinstein.

Bingen mit Mäuseturm und Binger Loch.

Auf der Loreley.

Zwei junge Mädchen in weißen, wadenlangen Kleidern.

Gänsehaut beim Betrachten.

Hatte sie ein Recht dazu? Durfte sie nehmen und aussortieren? Durfte sie entsorgen, was die Oma angesammelt hatte? Durfte man dieses Leben einfach wegwerfen?

Alle Möbel, das feine Porzellan, die Kleidung, die Bilder von der Wand, all die vielen kleinen Dinge, die sie angesammelt hatte. Durfte sie das?

Wer hatte diese Fotos zuletzt in der Hand gehabt?

Mit welchen Gedanken?

Ferien 1938, las sie. Ostseefahrt vom 17. – 26. Juli.

Stopp in Berlin. Gruppenfoto vor Sanssouci.

Sanssouci … Constanze hatte es erst nach der Wende gesehen. 1990, als es noch grau und nicht renoviert war. Als die Gärten nur die Anlage zeigten, sich aber nicht in der heutigen Pracht präsentierten.

Wie mochte das alles 1938 gewesen sein?

Ihre Hochachtung. Vor der Zeit. Vor den Menschen. Vor ihrer Reisefreude. Sicher nicht einfach damals.

So lange her. Kurz vor dem Krieg. Selten fröhliche Menschen auf den Fotos, oft ernste Gesichter.

Bilder mit weißem, gewelltem Rand, sechs Stück auf einer Seite, alle schwarz-weiß.

Die Mädchen festgehalten im Augenblick.

Constanze fühlte sich hingezogen. Hingezogen zu diesen Menschen, die so Schweres noch vor sich hatten, ohne es zu wissen. Menschen, die nicht immer fröhlich lachten, als hätten sie es geahnt.

1940. Omas Hochzeit. Im schwarzen Kleid. Mit ernsten Mienen. Den Krieg vor Augen.

Dann die Geburt ihres Kindes. Constanzes Mutter.

1942. Das Baby im Wickelkissen. Die Freude der Eltern.

Das Baby im Kinderwagen. Ein Weihnachten in schlechten Zeiten.

Dann nach dem Krieg ein neues Leben.

Und wieder Reisen. So gut man konnte. So weit es ging.

Italien 1955. Mit dem eigenen Auto!

Bozen, Bologna, Florenz, Rom, Neapel, Pompeji, Sorrent, Capri.

Zurück über Pisa, Genua und Gardasee, die Arena von Verona.

Was für eine Reise zu dieser Zeit!

Constanze hatte einige der Alben mit unter die Rotbuche genommen.

Jedes Blatt erzählte eine Geschichte.

Die Gedanken zwischen den Fotos, die sie spürte.

Die Emotionen, die dort hineingelegt waren, Gefühle, mit denen diese Bilder entstanden waren, aufwändig, mit alten Fotoapparaten, die Filme, die erst noch entwickelt werden mussten, und dann, wenn die Fotos endlich eingeklebt werden konnten, der enorme Zeitaufwand.

1957, der erste Kururlaub auf Ischia.

Der eingeklebte Hotelprospekt.

„Die berühmten Thermalkuren im Hause selbst", stand da und:

„Wirkliche Verjüngungskuren: radioaktiver Schlamm (Fango), Bäder, Duschen, Inhalationen, Irrigationen, Massagen aller Art, Fangogesichtsmasken; alles unter ärztlicher Kontrolle mit geschultem und diplomiertem Personal."

Constanze schmunzelte.

Radioaktiver Schlamm. Duschen.

Und die Oma war so stolz, dass sie sich so etwas leisten konnte.

Hotel Miramonte e Mare in Casamicciola Terme.

Luxus, großer Luxus für die damalige Zeit und die Großmutter auf der Terrasse in weichen Kissen sitzend mit übereinandergeschlagenen Beinen, elegant.

Was für eine Frau!

Mit Constanzes Mutter und, ganz unglaublich, der erste Flug nach Neapel, am 14. Oktober 1957, um 11 Uhr 15.

Frankfurt – Rom. Anschlussflug 17 Uhr 20, Rom – Neapel.

Ticket Nummer 2688 mit der Alitalia.

Sorgsam eingeklebt ins Fotoalbum.
Der Vesuv. Einige Fotos.
Mit dem Qualm über dem Kegel. Tiefschwarz. Gefähr-
lich. Der Ausbruch vom Frühjahr 1944.
Die vielen Bilder von daheim.
Familienfeiern. Gruppenfotos.
Weihnachten. Lametta am Baum. Kerzen.
Silvester mit Buffet.
Abendkleid und Anzug. Im Wohnzimmer vor dem gro-
ßen Nussbaumschrank mit der Vitrine in der Mitte.
Die Yucca-Palme in der Ecke und die Tapete, braunes
Rautenmuster neben braun gestreiften Vorhängen.
Tischdecken mit Spitze und gemusterte Teppiche.
Ein wildes Durcheinander an Farben und Mustern.
Glückliche Menschen im Vordergrund. Brav aufgestellt
fürs Fotoalbum.

Sie sah sie vor sich, die Großmutter.
Wie sie an ihrem Schreibtisch saß.
Oder an ihrem Wohnzimmertisch? Oder in der Küche?
Jedes Blatt von ihr berührt. So oft.
Ihre Hände an den Fotoecken, wie sie prüfend den Platz
wählte, Bild an Bild gelegt und schließlich festgeklebt hat-
te.
Jedes Blatt mit ihr verbunden, so innig.
Jedes Blatt ihr Leben.
Vergangen und doch unvergänglich.
Und dann sie, die aussortierte, entsorgte und von diesem
Leben nur ganz wenig behielt.
Und die Rotbuche, die das alles beobachtet hatte.

Ob Rolf den Garten noch so pflegte? Ob er dafür sorgte, dass die Rosen geschnitten, die Wege gekehrt wurden und der Rasen zwei Mal wöchentlich gemäht wurde?

Ob die Rotbuche auch mit ihm sprach?

Oder schwieg sie nun und bewahrte ihre Geheimnisse für immer?

Sie vermisste ihn, den Garten. Sie vermisste ihr früheres Leben. Unwiederbringlich verloren!

Stattdessen die U-Bahn. Die fremden Menschen und einer der schmerzhaftesten Tage in ihrem Leben.

7

Heidelinde würde heute einen Mann genauer ansehen, hinter die Kulissen blicken. Ja, sogar das Sternzeichen wäre ihr wichtig.

„Wie albern!", hatte sie immer gedacht. „Wie kann man sich nur nach Sternzeichen richten, am Ende sogar den Partner danach auswählen und täglich die Horoskope lesen?"

Aber ihr Franz hatte ihn, den Stachel des Skorpions, so wie das Sternzeichen, das angeblich sein Leben prägte.

Demnach passten sie nicht zusammen. Heidelinde und er. Sie, die Februar-Wassermannfrau, geboren in den Sechzigern, und er, der November-Skorpion, zwei Jahre älter. Es hätte schlechter nicht sein können.

Demnach hätte man vorher Unheil abwenden können. Wenn sie aufgepasst hätte, wenn sie zugehört hätte, wenn sie die Dinge ernst genommen hätte. Der freiheitsliebende Wassermann und der eifersüchtige, eitle, egozentrische, selbstverliebte Skorpion, das geht nicht zusammen.

Heidelinde war das vierte von vier Kindern. Das kleinste und schwächste, dazu die schwerste Geburt. Drei Tage hatte sie in den Wehen gelegen, ihre Mutter, und neun Monate lang erbrochen. Die gesamte Zeit der Schwangerschaft. Das Kind hätte sie fast umgebracht. Es hatte und hatte nicht kommen wollen. Schier verzweifelt sei sie gewesen, die Hebamme.

„Es ist reingekommen, wird es auch wieder herauskommen! Jammern hilft nicht. Da müssen Sie durch!" Kalte, unerbittliche Worte.

Heidelinde hatte daran gedacht, als sie ihre Zwillinge geboren hatte, mit einer Rückenmarkspritze. Es war schlimm genug, dennoch wohl erheblich einfacher als bei ihrer Mutter. Aber ohne Kinder hätte sie nicht sein wollen, nicht sein können.

Ein Leben lang bekämpfte sie die Ruhelosigkeit in ihrem Inneren, versuchte sie ihrem Aufbegehren Einhalt zu gebieten. Wissend um das, was sie alles verpasst hatte in den Jahren, was ihr verwehrt geblieben, von ihr ausgeschlagen, ja sogar verweigert worden war, kostete sie die Bändigung der Ruhelosigkeit mehr und mehr Kraft. Manchmal weinte sie. Immer dann, wenn sie alleine war, wenn niemand ihr haltloses, unerklärliches Schluchzen mitbekam. Das geschah öfter. Es milderte den Schmerz, wie ein Ventil, das geöffnet Druck ableitete. Die Sehnsucht verschwand dadurch nicht. Mit den Jahren war sie zu ihrem ständigen Begleiter geworden. Sie begann, nach ihr zu greifen. Sie rüttelte an ihr.

„Du hast noch nicht alles gesehen!", sagte sie ihr. „Du musst endlich aufbrechen!"

Die Momente, in denen sie in der Küche stand, Gulasch nochmals kleiner schnitt, so klein, wie er es wünschte, wenn sie jegliches Zipfelchen Fett ablöste, damit er sich nicht beschwerte, diese Momente öffneten ihrer Sehnsucht Tür und Tor.

Heidelinde sah dem Mann hinterher. Mit einem Satz war er an der Schäfflestraße hinausgesprungen. Vorher hatte sein Finger ungeduldig wartend auf dem Öffnungsknopf gelegen. Zeit schien er nicht zu haben. Er lief inzwischen schnell den Bahnsteig entlang bis dorthin, wo er die Straße überqueren konnte. Unruhig hatte er gewirkt. Genervt, gelangweilt. Alles in dem Zug schien ihn zu stören. Seine Gesichtszüge ernst, seine Lippen gepresst.

Die Haltezeit war knapp. Weitere Menschen hetzten herein.

Draußen auf dem Bahnsteig warteten andere auf die U 4. Sie würde nach dieser Haltestelle abbiegen Richtung Seckbach! Die Ansage hatte es verkündet.

Eine Frau mit Kinderwagen. Der Wagen schwarz. Eine rosa Flasche im Gepäcknetz vorne.

Rot-blau karierte Bettwäsche, aus der ein weißes Mützchen leuchtete. Unten zwischen den großen Rädern ein weiteres Netz, vollgepackt mit Tüten. Die Frau schob den Wagen hin und her. Die U-Bahn fuhr an.

Draußen rechts rosafarbene Balkone an den Häuserblocks. Eine gelbe Litfaßsäule, große Misteln in riesigen Bäumen und Abfall überall zwischen den Büschen.

Heidelinde seufzte.

Ein Wunder war es nicht, dass Franz so war, wie er war.

Heidelinde wusste das inzwischen.

Er konnte nicht anders. Er folgte den gleichen Leitsätzen wie sein Vater.

Eine Kopie. Bis ins Detail.

Natürlich hätte er das nicht wahrhaben wollen. Natürlich hatte er nichts mit seinem Vater gemein.

Er hätte anders sein können.

Aufbegehren, wie die Anderen in seinem Alter, ausbrechen aus der Enge, weg von der Engstirnigkeit der sechziger und siebziger Jahre.

Er traute sich nicht. Er schaffte es nicht. Er versagte, gänzlich.

Ein Bart wie die Freunde!

Unmöglich! So hätte er nicht nach Hause kommen können!

Lange Haare bis auf die Schultern und die Koteletten, lang, dicht und buschig.

Sein Vater hätte ihn erschlagen.

Um die Häuser ziehen, Bier trinken und ab und an einen Joint rauchen? Undenkbar.

Sein Leben wäre ruiniert gewesen.

Aber war es das nicht auch so?

War er nicht ausgeschlossen aus der jugendlichen Gemeinschaft, aus dem Miteinander?

War er nicht der große Außenseiter? Der „Milchbubi", der „Feigling", der „Angsthase"?

Sein Vater war das nicht gewesen.

Er hatte den Krieg erlebt. Er hatte gekämpft.

In dem Alter, in dem sein Sohn sich Sorgen machte um sein Aussehen, als er sich überlegte, sich Schlaghosen zuzulegen, auf Plateausohlen zu gehen.

Er hatte keine Pubertät gehabt. Kein Tamtam um nichts.

Er hatte nicht überlegen müssen, was er lernen wollte, gar studieren!

Er hatte keinen Plattenspieler, keine Beatles und kein Bumbum.

„Was wisst ihr schon?", hatte er gebrummt. Sein Standardsatz.

„Was wisst ihr schon?"

„Ihr habt ja keine Ahnung! Nur wer diesen Krieg erlebt hat, kennt das Leben!"

In der Normandie war er gewesen. Eingezogen mit 18 Jahren. Dann, als der Krieg schon verloren schien, holte man die, die noch jung im Saft standen, die noch Kraft hatten.

Bevor er dorthin gekommen war, meinte er noch, es könne nichts Schlimmeres geben als seine Kindheit, die keine gewesen war, die Angst vor den Bomben, das Rennen in die Schutzkeller, das Weinen der Mütter und der Großmütter, das Warten auf die Väter und Großväter, die Tränen vor den Todeslisten.

Dann aber wusste er, das war das Schlimmste. Der Himmel hatte keine Sterne mehr, selbst dann nicht, wenn er dunkel und wolkenlos über ihm hing. Die Sonne hatte keine Wärme mehr, die Wiesen waren nicht mehr grün und die Wälder schwarz geworden. Trauer hing in den Gesichtern, Furcht hieß sein Begleiter Tag und Nacht.

Es gab keine Zukunft, keine Aussicht auf Gutes.

Es gab kein Morgen, nur ein Jetzt.

Es gab keine Hoffnung, nur ein Bangen und irgendwo, ganz tief in seinem Inneren, eine beklemmende Sehnsucht.

Glück hatte er gehabt. Beim Sturm auf die Normandie im Juni 1944 hatten ihn die Engländer gefangen genommen. Da war der Krieg für ihn zu Ende. Da begann ein kleines Leben für ihn. Weit entfernt von daheim, jedoch unter erträglichen, fast guten Bedingungen.

Doch was war ihm vorher geschehen?

Was hatte er gesehen? Was mitgemacht? Wie hatte er die Ängste ausgehalten?

Hatte er töten müssen? Musste er, um sich selbst zu retten, andere Leben auslöschen?

Lag er für Stunden neben toten Kameraden? Hatte er Todeskämpfe ertragen müssen, ohne helfen zu können?

Nie hatte er darüber geredet.

So wie die anderen, die der Krieg am Leben gelassen hatte. Sie sprachen nicht.

Vergessen wollten sie, vergessen sollten sie. Doch das war nicht möglich.

Wie hätte es auch möglich sein sollen? Sie hatten zu viel Leid gesehen, zu viel Leid erlebt, zu viele Tote begraben.

„Ihr habt doch keine Ahnung!", sagte er und in seinem Inneren brannten die Wunden, in seinem Herzen, auf seiner Seele, nie verheilt.

Zurück kam er in ein kaputtes Deutschland. Sein Elternhaus zerbombt, nur noch eine Ruine. Der Vater auf einem Truppentransporter in der Ägäis vor Athen gesunken, die Mutter, die Schwester und der kleine Bruder unter dem Schutt des einstürzenden Hauses begraben. Seine Jugendliebe Hella tot. Die schöne Hella mit den sanften dunklen Augen, den langen blonden Haaren, hinten mit einer großen Spange gehalten. Mit ihr hatte er Kinder haben wollen, mit ihr ein neues, schönes Leben. Er hatte ihr versprochen zurückzukommen, sie hatte ihm versprochen zu warten. Hella! Sie war einfach nicht mehr da. Nie war er darüber hinweggekommen.

Er konnte sich nicht binden, fand keine Frau. Mit Hannelore wurde er ein später Vater, ein alter Vater.

„Was wisst ihr schon?", hatte er gesagt und niemand verstand seine sarkastischen Reden, seine cholerischen Wutausbrüche, seine Gefühlsarmut.

Niemals, nicht eine Sekunde hatte er Franz ein Gefühl gegeben! Nie hatte er den Jungen in den Arm genommen, ihn nie getröstet.

Und so war auch Franz das Gefühl abhandengekommen und er zeigte keine sentimentale Regung.

Seine Lippen verschlossen. Ein schmaler Strich nur. Kein gefühlvolles Wort entwich ihnen.

Disziplin nannte er diese Kälte, Disziplin, vom Vater gelernt.

Wenn dessen Zorn sich über ihn ergoss, wenn seine Wutattacken gnadenlos das letzte bisschen Zusammengehörigkeit zwischen ihnen zerstörten, wenn sein Geschrei vor nichts mehr Halt machte, wenn sich Mutter und Sohn gar vor den Nachbarn schämten, dann hasste auch er ihn und er verstand ihn nicht.

Eine Kleinigkeit entfachte diesen Wahnsinn.

Dann veränderte er sich. Sein Körper bäumte sich auf, seine Augen verdrehten sich und er brüllte und brüllte und alle Sätze, die man kaum verstehen konnten, transportierten ihn, diesen einen elenden Satz: „Was wisst ihr schon?"

Und Franz wusste nichts. Und er verstand nichts.

Dann, als der Vater auf der Intensivstation lag, als er nicht mehr atmen und nicht sprechen konnte, blieb er so einsam und verlassen, wie er die anderen einsam und verlassen gelassen hatte.

Diagnose Schlaganfall. Eine Woche nur noch gehalten von Maschinen, künstlich beatmet, reaktionslos, die Augen geschlossen. In seinen letzten Stunden waren sie geflohen, die Frau und der Sohn. Als die Maschinen deutlich zeigten, dass sein Herz stolperte, dass der Countdown lief, dass es bald zu Ende sein würde. Auch Heidelinde wagte sich nicht zu ihm, obwohl sie irgendwann begonnen hatte, zu verstehen. Sein kranker Geist hatte seinen Sohn zerstört und der befand sich schon auf der Zielgeraden, sie und die Kinder ebenfalls aller Freude zu berauben.

Hier in der U-Bahn stürmten all diese Gedanken auf Heidelinde ein. Wie war diese Gedankenakrobatik möglich? So viel in so kurzer Zeit. In einem Durcheinander. Ein

Gedankenkarussell um alles, um die Schwiegereltern, um Franz, um die Kinder, um sie. Löste diese Frau das aus? Hatte sie damit zu tun, dass ihr ganzes Leben vor ihr ablief wie ein Film? Woran dachten die Anderen hier? Lauschten sie nur ihrer Musik?

Zeigte das Zittern und Wackeln der Körper, dass sie Gefallen daran hatten? Bekamen sie noch etwas mit oder waren sie wirklich so weggebeamt unter ihren Kopfhörern?

8

Constanze hielt die Augen geschlossen. Sie dachte an Emanuel, an ihre erste Begegnung.

Er hatte hinter einer Pyramide aus Champagnergläsern gestanden, durch die hindurch zunächst nur seine Silhouette schimmerte. Mit jedem Glas, das die Pyramide kleiner wurde, nahm er mehr und mehr Gestalt an.

Nicht ihr Typ, normalerweise, aber irgendetwas ließ sie dort hinüberstarren.

„Schön, dass ich heute mit euch feiern darf!" Huberts tiefe Stimme riss sie aus ihren Gedanken.

„Herzlichen Glückwunsch, Hubert! Lass es noch mal krachen!", rief Michael. Applaus von allen Seiten.

„Lass die Finger von dem!" Lydias Stimme, zischend. Sie hatte ihre Augen bemerkt, die Sekunde, in der sie innehielt, den Moment dieses Klicks im Gehirn, von dem man später nicht wusste, warum es geschehen war. Das kurze Nachdenken ohne Ziel, das Ausfahren aller Antennen, die Vibration aller Sinne.

Frauen spüren das, sie bemerken solche Augenblicke, feinfühlig, wissend.

Constanze fühlte sich ertappt. Verlegen stotterte sie herum.

„Was denn, der Latinolover da?" Sie nippte an ihrem Champagner. „Also Lydia, das ist doch wirklich nichts für mich. Überhaupt nicht! Zu dünn, zu jung, zu aalglatt! Nein, also wirklich!"

Später lag sie doch mit ihm im Bett, wühlte in den tiefschwarzen Haaren, blickte in tiefgründige, dunkle Augen, spürte zarte Hände, seinen fordernden Körper, seine unglaubliche Lust.

„Der spielt nur! Und das nicht nur mit einer! Sei vorsichtig, Constanze! Spiel du nicht mit dem Feuer! Du könntest dich verbrennen!", hatte Lydia wissend gesagt.

Wozu hätte sie darüber nachdenken sollen? Eine Frau in ihrem Alter lässt sich nicht mehr blenden. Sie kann Sex von Liebe unterscheiden. Sie weiß, was sie will und warum. Weshalb sollte nicht auch sie einmal nur aus dem Vollen schöpfen, nehmen, was sie wollte, spüren, wie sie lebte, und genießen, genießen, genießen?

Sie hatte alles im Griff. Sie würde sich nicht Hals über Kopf verlieben.

Irgendwann jedoch hatte sie sich doch verloren in diesem straffen Körper, in der jugendlichen Leichtigkeit, in der gewaltigen Leidenschaft.

Emanuel war 29 Jahre alt, immer noch Student von Papas Gnaden, der wiederum ein Bekannter Huberts und deshalb beide auf dessen 50. Geburtstag.

Hubert machte Geschäfte mit den beiden, welcher Art, wusste Constanze nicht.

Im Grunde arbeitete er nicht, studierte nicht, hing nur herum.

Aber er war schön! Schön und voller Feuer!

Das war sein Erfolg. Er wusste das.

Als er hinter der immer kleiner werdenden Pyramide Constanzes immer noch tolle Figur erblickte, als er ihre sehnsüchtigen Augen sah, hatte alles schon begonnen. Niemand hätte noch etwas ändern können. Die Schalter waren umgelegt.

Er fühlte sich hingezogen zu dieser Frau. Sofort. Das schwarze Kleid – bis kurz vor dem Knie gab es tolle Beine frei. Extrem hohe Schuhe, die dies noch betonten.

Sehr sexy! Blonde, schulterlange Haare, leicht gebräunte Haut.
Alles war klar, noch bevor es begonnen hatte.

Emanuel kannte keine Schwierigkeiten. Nicht bei den Frauen. Diese da könnte ein wenig problematischer werden.
Sie sah nach – „Ich weiß, was ich will!" – aus, nicht mehr ganz taufrisch, aber hochattraktiv.
Umso interessanter. Es würde nicht ganz so einfach werden. Umso aufregender.
An der Uni war er noch eingeschrieben. Betriebswirtschaft. Was sollte er sonst tun?
Irgendwann würde er reich erben. Wer brauchte da noch ein Studium?
Bei seinen Haaren hatte er ein wenig nachgeholfen. So tiefschwarz waren sie von Natur aus nicht. Aber er war damit erfolgreicher. Seine ständig gebräunte Haut half dazu, dann sein vom Fitnessstudio gestählter Körper und seine langen, dunklen Wimpern, mit den dunklen Augen, vererbt von seiner rassigen Mutter, die aus der Beziehung eines Griechen mit einer Deutschen stammte. Das alles war sein Kapital. Das Fitnessstudio und die Uni sein Jagdrevier. Auf die älteren Damen stand er nicht so, aber diese hier: Die hatte was.
Also warf er Anker. Mitten in ihren Augen und er ließ nicht mehr von ihr ab, bis er sie im Bett hatte.
Das dauerte ein wenig länger als sonst, nicht viel, aber länger. Erst zwei Tage später war er dort, wo er sein wollte. Ihr jugendlicher Körper überraschte ihn, ihre Leidenschaft noch mehr. Ihre Brüste waren straffer und fester als die mancher Zwanzigjährigen, ihre Haut fest und ge-

schmeidig, kein Fettpolster, kaum Falten. Am Ende war er es, der nach dieser Nacht von einer Sehnsucht geplagt wurde, die er bis dahin nicht gekannt hatte. Sie zog ihn an wie ein Magnet, ließ ihn nicht mehr schlafen und in den Armen seiner jungen, unerfahrenen Partnerinnen in eine Traumwelt entfliehen. Er war ihr verfallen, so wie sie ihm, und sie liebten sich so intensiv, so voller Verlangen, so hemmungslos, wie er es nie zuvor erfahren hatte. Ihr Körper glich einem hochsensiblen Touchscreen. Eine kleine Berührung nur setzte Funktionen in Gang, löste Eruptionen aus. Sie wusste genau, wie sie ihn zum Wahnsinn brachte.

Dennoch konnte er von den anderen nicht lassen. Nicht von der brünetten, langhaarigen Babsi, gerade 21 Jahre alt. Sie hauchte das „Emanuel" so hinreißend, flüsterte ein „Ich liebe dich" so zart und verwöhnte ihn mit langen, elektrisierenden Rückenmassagen.

Nicht von der 30-jährigen Tricksi, die, schon ein wenig reifer, vor allem eines wollte: langen, guten, wilden Sex.

Nicht von der sanften 25-jährigen Mona, deren knabenhafte Figur ihn ebenso faszinierte wie die üppige Oberweite von Tricksi.

Ständig war er auf der Suche, süchtig nach Anerkennung, besessen von dem Verlangen zu erobern, Frau an Frau zu reihen, wie der Jäger die Trophäen.

Er hatte viele gehabt, hatte sie schließlich nicht mehr gezählt. Es hatte irgendwann angefangen, dieses Glücksgefühl, der Adrenalinausbruch, der seinen Körper so gewaltig in einen rauschartigen Zustand versetzte. Dann, wenn er sie geknackt hatte, so nannte er das, wenn er einen Schritt weiter durfte, wenn er einmal Besitz ergreifen konnte, wenn sie sich ihm hingab, sich mit ihm aufbäumte, wenn er in ihre aufgerissenen Augen blickte, wenn er ihren keuchenden Atem hörte, dann, nur dann hatte er diese berauschenden Sekunden. Gleich nach diesen Höhepunkten, sobald er erschöpft zusammensank, widerten sie ihn oftmals an, die Frauen, und er hatte Mühe, seinen Ekel für sich zu behalten.

Längst wählte er nicht mehr aus. Es ging ihm nicht mehr um das Schöne, um einen gut geformten Körper. Es ging ihm nur noch um das Eine: gehabt, gehabt, gehabt.

Längst waren alle Hemmungen von ihm abgefallen, längst seine Gier unermesslich, längst hatte er alle Grenzen überschritten und er ahnte das böse Wort dafür: Sexsucht!

Meist stand er einfach auf und ging, ohne ein Wort. Er würde nie wieder einen Blick an sie verschwenden.

Die so Verletzte hatte genug mit sich selbst zu tun. Mit der Schmach, der Demütigung, mit dem Hass auf den Lüstling und vor allem damit, dass sie es ihm zu einfach gemacht hatte.

Nur gelegentlich blieb er einige Male bei den Schönsten, bei Tricksi, bei Babsi und bei Mona, aber auch nur, um sie wegzuwerfen, sobald ihm danach war.

Bei Constanze jedoch war es anders. Sie forderte nicht. Sie wartete nicht. Sie war gierig, jedoch ohne Hast, und sie verschwand, oft ohne ein Wort.

In der letzten Zeit war er nicht mehr gut mit ihr klargekommen. Sie hatte sich verändert.

Auf eine merkwürdige Art und Weise. Die Treffen in ihrer schönen, eleganten Wohnung selten. Sie wollte nicht, dass er die Nacht blieb. Eine ihm unerklärliche Distanz. Eine ungewohnte Stille.

Er hatte gar nicht bemerkt, dass sie Worte ohne Worte sprach. Wie sollte er auch? Sie hatten niemals dieselbe Sprache gesprochen.

Constanze kannte die Stationen nicht. Selten war sie hier entlanggefahren, mit dem Auto durch den Riederwald. Zudem glich hier jede Station der anderen. Allesamt eintönig.

Mit den Rundbögen der halben Glasüberdachung, mit den Gittersitzen in der immer gleichen Anordnung und Zahl, mit den grauen Abfalleimern, den Fahrkartenautomaten und den Anzeigetafeln. Dort fand sich auch immer das gelbe Laufband mit dem klein geschriebenen i am Anfang: „Bitte beim Ein- und Aussteigen auf die Stufen zwischen dem Bahnsteig und dem Fahrzeug achten!" Mehrmals hatte sie das jetzt bereits gelesen.

Die Frau da drüben, die, die so gedankenverloren dasaß, die, die auf sie so ausgeglichen, so zufrieden gewirkt hatte, die, die gelächelt hatte, zog sie wieder in ihren Bann.

War das Neid, was sie empfand? Neid auf ein vermeintliches Glück, das sie in diesen dunklen Augen lesen konnte?

Die Frau schien sich zu freuen, und selbst wenn sie die Augen geschlossen hielt, schien sie über schöne Dinge nachzudenken. Ihr entspanntes Gesicht. Ein paar Lachfältchen um die Augen.

Wie gerne würde sie heute mit ihr tauschen. Wie gerne wäre sie an ihrer Stelle, führe in die Stadt zum Einkaufen und kehrte am Abend voller Freude zu ihrer Familie zurück. Wie gerne würde sie mehr über sie wissen. Wie gerne würde sie mit ihr sprechen!

„Nein, nein", dachte sie jetzt.

„Ich darf nicht undankbar sein. Ich hatte ein gutes Leben bis jetzt. Wie kann ich mich nur mit der Frau vergleichen. Das ist nicht okay, Constanze. Wenn es dir einmal schlechter geht, dann willst du gleich raus. Das geht nicht, Constanze."

Die Frau gegenüber sah sie an.

Ein sanfter Blick, so nah, so verständnisvoll.

Dann die Stimme der Ansage: „Nächste Station Johanna-Tesch-Platz, Aussteigen in Fahrtrichtung rechts."

„Mein Gott!", dachte Heidelinde. „Wo sie wohl hinfährt? Sie ist so schön! Jetzt sieht sie mich an. So ein sanfter Blick. So verständnisvoll, so nah, so besonders, so anders! Ich wollte, ich wäre sie!"

Eine Frau, an der letzten Station zugestiegen, räusperte sich. Sonst Stille.

Draußen der Johanna-Tesch-Platz.

Nur ein Mann stieg ein. Ein Mann mit weißem Bart, zusammengekniffenen Augen, leicht geröteter Haut. Ein Ruck. Die U-Bahn fuhr an. Raue Hände umfassten die Haltestange. An der Hand ein matter Ehering, unter der vorderen Glatze große Stirnfalten. Heidelinde sah weg. Der Mann setzte sich nicht.

Schräg hinter seinem Kopf ein Schild. Dunkel- und hellgrüne Streifen im Wechsel. Darunter die Zeichnung einer Fahrkarte mit mahnendem Text:

„Die Fahrkarten sind bis zum Verlassen des abgegrenzten Bahngebietes (S-, R- und U-Bahnstationen) aufzubewahren."

Draußen wieder eine Bahn in der Gegenrichtung und wieder „Frankfurts schnellstes Schlafzimmer".

Auf der rechten Seite blaue Schrift auf grauem Beton: „Frankfurter Volksbank Stadion".

Drei Autos davor, zwei schwarz, eines blau, die Flutlichtanlage darüber und dann, alles weg. Dann im Tunnel und das Rattern und Klappern der Wagen.

Niemanden kümmerte es. Alle kannten es, das Eintauchen des Zuges in die Dunkelheit der Tunnelanlage Frankfurts. Nach dem kurzen Blick auf das Stadion rechts noch ein wenig Grün links, dann der Schlag aufs Gemüt, das Wissen um noch mehr Enge. Cut, und hinein ins Dunkel.

Sie schwiegen, wie sie schon vorher geschwiegen hatten. Sie musterten sich verstohlen. Sie sahen weg, wenn sie sich ertappt fühlten. Sie zeigten keine Regung. Doch sie schienen im fahlen Licht der Neonleuchten noch näher an sie herangerückt. Beklemmend nah empfand sie das Knie des Mannes gegenüber. Ihren Ellbogen zog sie jetzt mit aller Intensität an sich heran, sie mochte nicht den des anderen Mannes neben sich berühren.

So viel Mensch duldete sie sonst nie.

Es war 9 Uhr 11.

„Nächste Station: Eissporthalle, Ausstieg in Fahrtrichtung links. Umsteigen zur Straßenbahn der Linie 12 und zu den Buslinien 38 und 103." Die melodische Stimme unterbrach das monotone Rauschen des Zuges. Die Tunnelröhre verstärkte es noch.

Das Zittern und Schwanken der Wagen, das Zittern und Schwanken der Menschen. Dazu das Quietschen und Kreischen des Metalls.

Der Geruch schwitzender, teils ungewaschener Körper, ungewaschener Kleidung, Parfums und Tinkturen, vermischt mit dem Geruch eines miefigen Tunnels, einer ausgesaugten Luft, deren Anreicherung mit Frischluft aus dem letzten Stopp bereits verflogen war.

Die U-Bahn hetzte durch den Tunnel.

Die Menschen schwiegen.

Der mit dem weißen Bart rutschte mit der Hand an der Haltestange nach oben. Die stehenden Körper schwankten leicht. Die Frau weiter hinten, die mit dem weinroten Kopftuch und dem langen grauen Mantel, räusperte sich wieder. Sie schaute angestrengt auf ihr Handy.

Franz, dachte Heidelinde. Franz und Fußball. Kein Spiel ließ er aus.

Dann durfte er nicht gestört werden. Wie sie das hasste. Wie sie Fußball hasste. Wie sie sein Schreien hasste, wenn ein Tor geschossen wurde, sein Jammern, wenn seine Mannschaft verlor, sein Stöhnen, wenn es unentschieden war.

Sie, die als Einzige gelächelt hatte, lächelte nicht mehr. Jetzt war sie steif, angespannt, konzentriert.

In der Stille der Menschen das Weinen eines Babys. Tröstende Worte der Mutter.

„Ja, schon gut! Wir sind gleich da!"

Weiter hinten eine Asiatin. Klein, auf schwarzen Plateauschuhen, mit kurzem schwarzem Rock, schwarzem Pulli und schwarzer Aktentasche. Die schwarzen Haare glänzten. Alles an ihr schwarz.

Die schöne Frau dort drüben aber verfing sich in ihrem Blick. Nur einen Augenblick hingen sie aneinander fest. Ihre Augen fanden sich, spannten einen Draht der Verständigung. Nur kurz. Nur flüchtig und doch war es, als berührten sie sich.

Und sie spürten es. Beide. Diese unerhörte Nähe, die eigentlich gar keine war.

Ein in der Mitte stehendes Mädchen presste den Kopf an die Brust des jungen Mannes neben sich. Sein Arm legte sich schützend um sie.

„Weg, ihr alle!", schien er zu sagen. „Weg von ihr, weg von mir!"

„Ich will so sein wie sie!", durchfuhr es Heidelinde wieder und ihre Gesichtszüge entspannten sich. Die Andeutung eines winzigen Lächelns kehrte zurück. In den Mundwinkeln nur, ein wenig starr, fast unbeholfen.

„Ich will so sein wie sie!", durchfuhr es auch Constanze. Auch ihre Mundwinkel zuckten, ihre Nasenflügel bebten und inmitten der U-Bahn fühlten sie eine seltsame Gemeinsamkeit.

Dann das Kreischen der Bremsen. Riesige Säulen. Rote Wände. Eiskunstläufer. Strichzeichnungen. Ein Getränkeautomat. Alles trist. Kaum Menschen.

Station Eissporthalle. Die U-Bahn stand.

„Nur noch vier Stationen!", dachte Heidelinde.

„Nur noch fünf Stationen!", dachte Constanze.

Seltsam, dass Constanze ausgerechnet jetzt an Rolf dachte. Der arme Rolf würde in diesem Jahr fünfzig werden. Wie er das wohl verkraftete?

Jetzt huschte ein Lächeln über ihr Gesicht.

Das wird schwer werden. Das wird er kaum ertragen. Er und alt. Das geht gar nicht.

Der gute Rolf.

Rolf und sie. Das war einmal das Glück. Das war durch dick und dünn! Das war Harmonie.

Ihr Rolf, sie seufzte. Ein gepflegter Mann. Ein Macho zwar, aber gepflegt. Seine manikürten Hände, seine feingliedrigen, langen Finger, so filigran.

Den Ehering hatte er verweigert.

„Braucht man nicht!", pflegte er zu sagen. „Stört nur, sagt nichts aus! Passt nicht zu mir!"

Hörte sie jetzt jemand schniefen? Es würde doch niemand hier ausspucken?

Die U-Bahn fuhr an, beladen mit noch mehr Menschen.

„Nächste Station: Parlamentsplatz, Ausstieg in Fahrtrichtung links."

Ihr Rolf, sie seufzte wieder, mit seinen Maßanzügen, den Designerjeans, den stylischen Hemden, den goldenen Manschettenknöpfen, den angesagten Krawatten.

Ihr Rolf, der Mann mit den vielen Geliebten, für die gerade jene Maßanzüge, die Hemden, die Manschettenknöpfe und Krawatten wie ein Magnet wirkten, vor allem dann, wenn alles in einem Porsche steckte. Sein schwarzes, bulliges Auto mit dem unvergleichlichen Sound, auf den er so stolz war.

Ihr Rolf, mit seinen hervorragenden Manieren, seiner gewählten Sprache, seinem unglaublichen Charme.

Einer, der im Restaurant noch den Stuhl zurechtrückte, sich erhob, wenn die Dame den Tisch verließ, und dies wiederholte, wenn sie zurückkehrte.

Einer, der mit Komplimenten aufwartete, sich Gedanken über kleine Geschenke machte, nie einen Geburtstag oder ein wichtiges Date vergaß und sich in Menü- und Weinauswahl unschlagbar zeigte.

Zielsicher wusste er, was wann wie nötig oder unnötig war. Die Frauen, ihre Wünsche, ihre Sehnsüchte. Da kannte er sich aus.

Die Frau gegenüber öffnete einen Moment lang die Augen. Störte sie auch das Schniefen der Nase irgendwo im Miteinander der Menschen?

Nein, sie hatte keinen Rolf! Wahrscheinlich nicht!

Die Rolfs dieser Welt interessieren sich nicht für solche Frauen. Frauen, deren abgearbeitete Hände an ihrer Tasche kleben oder sich, wie jetzt gerade, unter ihren Achseln verstecken.

Sie schauen nach den Beauties, nach den Topfiguren, und wehe, wenn die Schönheit schmilzt, wehe, wenn!

Doch diese Rolfs lieben nicht. Nicht wirklich und allenfalls sich selbst. Sie bemerken ihn nicht, den Menschen neben sich, interessieren sich nicht für dessen Belange. Sie wählen nur das, was sie selbst mehr strahlen lässt, suchen nach Bestätigung, nach Anerkennung. Diese Rolfs brauchen dich nicht. Dich, mit deiner Sehnsucht nach Liebe, nach Geborgenheit, nach einem Kind. Irgendwann hast du ausgedient, taugst nicht mehr, kannst gehen.

Constanze träumte sich zurück, floh für Sekunden in die Vergangenheit.

Sie hatte geliebt.

Es hätte gereicht für alle Widrigkeiten bis ans Ende ihres Lebens.

Sie hätte alles getan für ihren Rolf, so wie sie es im weißen Kleid vor dem Altar versprochen hatte.

Ihr „Ja" war nicht gehaucht. Es war fest und laut. Alle hatten es hören müssen. Sie war sich sicher, so sicher und sie schwebte in dem Himmel, den sie alle den siebten nannten, für lange Zeit.

Heute wusste sie, dass seine Liebe anders war, dass sein „Ja" einem Raunen glich, dass Heiraten nicht unbedingt seine Lebensplanung war.

Es hatte immer ein „Später" gegeben, ein „Jetzt nicht" und ein „Vielleicht!", und eines Tages war sie fortgegan-

gen, dann, als es zu spät war und die tausend „Jetzt nicht"
und „Vielleicht" sie wie ein dichter Nebel umgaben.

Auch jetzt gab es ein Vielleicht!

Vielleicht wäre sie nicht hier in dieser U-Bahn gewesen,
vielleicht wäre alles anders gekommen, vielleicht wäre sie
noch mit Rolf zusammen, wenn sein „Später" nur einmal
einem „Jetzt" gewichen wäre.

So aber saß sie in diesem U-Bahnzug. Sie fühlte sich
elend. Sie war verzweifelt.

Sie war allein, fasziniert von einem einzigen Menschen,
der Frau gegenüber!

Ihr konnte sie sich nicht entziehen!

Was wollte sie ihr sagen?

Heidelinde blickte auf. Einfahrt in den Bahnhof Parlamentsplatz. Schwarz-weiße Ornamente an der Wand.

Sie war so weit weg gewesen. Vertieft in ihre Welt.

Isabella und Norbert. Ihre Kinder!

Ihr ganzer Stolz! Ihre Freude, ihre Sorge!

„Oh mein Gott!", dachte sie jetzt.

„Sie sind so wie die jungen Leute hier! Ich habe Fehler
gemacht, sie nicht gut genug erzogen!"

Norbert kam nicht nach dem Vater.

Norbert war ein Revoluzzer, ein einziger Protest.

Er spielte nicht Fußball, er ruderte nicht. Sein Schreibtisch ein Chaos.

Nicht Stift an Stift geordnet, in einer Linie. Nicht Blatt
auf Blatt sortiert.

Desorganisation in allen Dingen!

Seine Haare stiftkurz auf der einen Seite, länger auf der
anderen. Wenigstens das Grün war weg, das noch vor ein
paar Jahren seinen Vorderkopf zierte.

Er war nicht fleißig, aber klug, deshalb die Schule kein Problem.

Er pfiff auf Konventionen, auf das Dorf, auf die Leute.

Er war mutig, unbequem und laut und deshalb war Heidelinde auch ein wenig stolz.

Er rauchte nicht, er trank nicht. Insgeheim hasste er seinen Vater, doch er sagte es nicht.

Es war Ruhe, seit er weg war, auch wenn es Franz nicht passte, das Designstudium in London.

Isabella war ruhiger. Sie rebellierte leise, litt unter den ständigen Streitigkeiten.

Sie hatte etwas von Heidelindes sanftem Wesen. Sie konnte nicht aufbrausen, so wie Norbert.

Aber auch sie hatte keinen Ordnungssinn. Ganz schlimm ihre Studentenbude in München. Kein Glas gespült, kein sauberer Teller verfügbar, die Klamotten überall verstreut und ein grausiges Badezimmer, mit verschmiertem Waschbecken und schmutziger Toilette.

Keine Mama mehr da, die hinter ihr hergeräumt hatte, sie vor drakonischen Strafen des Vaters bewahrt hatte. Keine Mama, die über alles das Tuch des Schweigens gelegt hatte, die alles vertuschte, die immer einen Weg fand.

Aber war das wichtig? War Ordnung wirklich von so existenzieller Bedeutung? Was war mit diesen Menschen hier? Hatten sie ein ordentliches Zuhause? War aufgeräumt oder lag alles in Chaos erstarrt herum? Welche Familien steckten hinter diesen Personen?

Was war mit dem Pärchen, das sich hier so ungeniert küsste?

Hatten sie Eltern, die das auch missbilligen würden?

Wie waren sie erzogen worden? Was war der Grund für ihr so derbes, provokantes Auftreten?

Das Wort Privatsphäre? Kannten sie es? War ihnen klar, dass sie mit ihrem Verhalten diese aller anderen hier verletzten, dass sie ihre eigene aufgaben?

Ob Norbert und Isa? Nein, nein, ganz ausgeschlossen, das nicht. Das würden sie nie tun.

Sie hatte ihnen Anstand beigebracht, Anstand und Moral. Das kleine Tattoo auf Isas Arm nahm das doch nicht weg. Der kleine Drache, der so ungeniert aufwärts kroch, so grundlos obendrein, so sinn- und nutzlos.

„Ein Drache nur, Mama, was regst du dich auf?" Noch hatte Franz den nicht gesehen. Er versteckte sich unter der dunkelblauen Jacke, die sie beim letzten Besuch trotz Wärme nicht auszog. Er lugte nicht hervor.

Mein Gott, Franz. Er wäre ausgerastet.

So wie ihre Mutter. Verprügelt hätte sie sie, dann mit Hausarrest belegt.

Nur der Drache, der Drache, der würde bleiben.

Ein- und Ausstieg der Menschen, wenige raus, mehr hinein. Der Zug gut gefüllt. Immer noch am Parlamentsplatz.

Sie sah den Menschen hinterher, die sich auf dem Bahnsteig entfernten.

Nein, dachte sie, nein, das hätte sie nie gekonnt.

In der Öffentlichkeit so intime Zärtlichkeit so provokant austauschen.

Das gehörte nicht hierher. So viel Takt und Anstand sollte man haben.

Das brauchte sie für sich.

Oh ja, sie konnte wild sein. Voller Begehren. Voller Liebe und Hingabe.

Sie konnte geben, sich geben und sie konnte nehmen.

All die Momente, in denen sie so gefühlt hatte, schienen sich gerade in ihrem Gehirn zu versammeln.

All die Liebe, die sie gegeben hatte, nicht nur bei Franz, vor allem bei Heinrich.

Nie hätte sie irgendjemandem auch nur erzählen können.

Nie irgendetwas preisgeben können.

Nie hätte sie Öffentlichkeit zugelassen für das, was nur zwei Menschen gehört.

Für das Innige, das Warme, das Feuer, die Glut.

Wie sie sich danach sehnte. Gerade jetzt!

Gab es noch einmal einen Mann, der sie begehren würde?

Noch einmal einen Mann, der sie verführen konnte?

Würde sie sich noch einmal hingeben?

Ihn wollen?

Sich schenken?

Ihn begehren?

Sich fallen lassen?

Mit einem anderen Körper verschmelzen voller Lust und Freude?

Die Kälte der Umgebung im Zug ließ sie erstarren. Draußen der Bahnsteig.

Wo war der Mann hergekommen mit dem großen schwarzen Kasten für das riesige Instrument? Es hatte unten zwei Rollen, halb schräg führte er es in Richtung Rolltreppe.

Ein Kontrabass?

Auf dem Bahnsteig der runde, aufgemalte Kreis, so wie in jedem Bahnhof, innen gelb mit blauem Rand. Die Farbe schon verblasst, an manchen Stellen abgewetzt. Die Schrift vom Zug aus seitenverkehrt zu lesen. Sie entzifferte:

„Durch den Notruf 110 haben Sie für schnelle Hilfe gesorgt!"

„Ja", dachte sie. „Ja, solche Dinge muss man den Menschen sagen. Sonst tun sie es nicht. Sonst sehen sie weg. Sehen weg, wie hier in der U-Bahn. Sehen durch dich hindurch, als wärst du gar nicht da! All die vielen Menschen und doch bist du alleine. Nur diese eine Frau. Jemand, der mich fasziniert, jemand, der mich anspricht und doch nicht mit mir spricht!"

Seufzte sie, diese Frau? Sie sah so ernst aus! So unglücklich! Vielleicht hatte sie Streit mit ihrem Mann? Sollte eigentlich gar nicht hier sein. Sollte von ihm gefahren werden, aber er ließ sie stehen. Dann musste sie die U-Bahn nehmen, wollte sie pünktlich sein, wo auch immer sie hinwollte.

Ihre Wimpern, so lang, so schön, so perfekt geformt. Wimperntusche ohne Klümpchen. Nicht so wie bei ihr. Sie beherrschte diese Kunst nicht. Immer patzte sie. Setzte erneut an, traf aufs Lid auf und verschmierte den Rest. Dann, irgendwann gab sie auf, beließ es bei der unsachgemäßen Ausführung.

Diese schönen Wimpern jedoch machten sie verlegen, fast schämte sie sich. Geduld besaß sie ohnehin nicht. Vielleicht aber sollte sie sich doch einmal Zeit nehmen, für sich, für ihr Gesicht, für die Wimpern, sie hätten es verdient.

„Nächste Station: Habsburgerallee, Ausstieg in Fahrtrichtung links. Umsteigemöglichkeit zur Buslinie 32."

9

Die Menschen in der U-Bahn.

Diese merkwürdige Gemeinschaft, zusammengewürfelt aus dem Muss, irgendwo hinzumüssen. Menschen, die sich nie Zeit gewidmet hätten, wären sie sich woanders begegnet.

Aber diese Zeit, die sie auf den Raum der U-Bahn-Wagen reduzierte, ließ sie nicht ausweichen.

Mit jeder Station weniger Platz, mehr Menschen.

Mit jeder Station mehr Nähe und doch mehr Distanz.

Zwang, die anderen zu ertragen.

Und jeder nur mit sich beschäftigt. Mit seinen Gedanken.

Die Blicke glasig. Die Gesichter starr, so starr, unter den Kopfhörern, unter den Pudelmützen und Masken.

Und Heidelinde!

Auch ihr Blick glasig. Auch ihre Gedanken weit weg.

Sie hasste ihn.

Sie hasste sich.

Seine Dominanz, ihre Unterwürfigkeit.

Seine Herrschsucht, ihre Duldsamkeit.

Sein Geschrei, ihr Schweigen.

Sie hasste ihn.

Warum nur hatte sie sie alleingelassen? Wie hatte sie zulassen können, dass er bestimmte?

Warum hatte sie sich nicht durchgesetzt, die Initiative ergriffen?

Warum plante immer nur er? Warum besaß sie keine eigene Meinung?

Er war dagegen gewesen. So wie immer!

Er hatte Einwände gehabt. Er hatte Risiken gesehen, Nachteile gespürt, Probleme geahnt.

Sie hatte nur Liebe gespürt, Nähe gesucht, Hilfe geben wollen.

Dann war es zu spät gewesen. Irgendwann.

Keine Liebe, keine Nähe und schon gar keine Hilfe.

Nur ein Schmerz. Ein so großer, unendlicher Schmerz.

Ein Schmerz, der sie nicht mehr losließ.

Ein Schmerz, für den sie ihn noch mehr hasste.

Ein Schmerz, für den sie sich für immer verdammte.

Sie war allein gestorben. Sie hätte alles verdient gehabt. Jede Zuwendung!

Doch als die Mutter sie am meisten brauchte, war sie nicht da gewesen.

Kein Zimmer frei im schmucken Einfamilienhaus. Kein Platz für ein altes Leben.

Stattdessen ein Zweibettzimmer.

Zwei elende Leben, am Ende gezwungen, vereint zu sein. Zwei, die sich nicht kannten, auf gerade mal zwanzig Quadratmetern. Zwei Namen am Türschild. Sonst Anonymität. Zimmer Nummer 214. Zwei Betten, zwei Stühle, ein Tisch an der Wand. Ein Fenster mit Aussicht auf die Betonwand gegenüber. Zwei Schränke mit je vier Fächern und 50 Zentimetern Hängefläche. Ein Toilettenstuhl mittendrin. Die Tapete grau-gelb, verblichen. Kein Bild an der Wand. Die Andere eine Greisin mit hohlen Augen, schmalen Lippen und eingefallenen Wangen. Die wenigen, dünnen, schlohweißen Haare auf dem Bett ausgebreitet. Ein verwaschenes gelbes Nachthemd, dürre Arme, verkrampfte Hände, ein leidender Blick.

Nie hatte sie ein Wort gesagt!

Ein Zimmer ohne Hoffnung. Ein Zimmer mit dem fauligen Geruch des nahenden Endes.

Der Würgereiz, der sie überkam, sobald sie den Flur betrat. Gleich rechts nach dem Eingang.

Nur einmal duschen pro Woche für die, die Hilfe brauchten. Wäsche waschen alle zwei Wochen. Mehr sei nicht drin, sagte man ihr.

Kein Zuspruch, kein Lächeln, kein Leben.

Und ein Franz, der das von Heidelinde verlangte. Er ging nie hin.

Er sah ihn nicht, den Flur.

Den Flur mit großen Nischen alle paar Meter. Nischen mit einem Tisch, ein paar Stühlen und an der halbrunden Wand lauter verschiedene Sessel. Eigentum derer aus den Zweibettzimmern. Das letzte bisschen Privatheit. Das Wenige, das mitgekommen war aus dem alten Leben. Denn nichts blieb. Kein Platz für das Eigene. Kein Bedarf mehr.

Wenn sie dort saßen, die greisen Menschen, wenn Heidelinde an ihnen vorbeiging, um in das letzte Zimmer ganz hinten zu gelangen, wenn Körper in den Stühlen hingen, mit schlaffen Armen und hängenden Köpfen, wenn offene Münder ihr stumm entgegenstarrten, dann wusste Heidelinde, dass ihr nie vergeben werden würde.

Und dann am Abend, nach so einem Besuch, das schlechte Gewissen, das Gefühl der Ohnmacht, die Hilflosigkeit, das Elend und in dem Zimmer der faulige Geruch des nahenden Endes.

Er fragte nie, er wollte nichts wissen. Er wollte nichts sehen.

Sich ansehen, spüren, wie das Ende roch, wie das Ende aussah, das, das wollte er nicht.

Eine Schwiegermutter, die er nie hatte ausstehen können, jetzt erst recht nicht.

Also tat sie es allein. Sie starb ohne Aufsehen. So wie man es von ihr erwartet hätte.

Niemand, der sie röcheln hörte, niemand, der ihr die Hand gehalten hätte.

Kein Trost, kein Wort, kein Halt.

Still war sie gegangen. Still und einsam.

Ihre letzten Wochen, ihre letzten Tage, ihre letzten Stunden, ihre letzten Minuten – vergangen, verloren, beendet.

„Mama!", dachte sie jetzt.

„Mama, wie habe ich dich im Stich gelassen!"

An der Haltestange ihr gegenüber drehte sich ein Augapfel weg, verschluckte ein sich schließendes Lid jeglichen Kontakt.

Darunter ein Nasenring, offen in der Mitte, über den Lippen, mit kleinen Kugeln an den Enden. Der Körper wippte zum Takt aus den Stöpseln im Ohr.

„Ich bin nicht hier", sagte der Körper, „nur meine schwarze Jacke, die Kapuze auf meinem Kopf, die Jeans hängend in der Kniekehle und die Silberkette um den Hals vor dem Totenkopfhemd baumelnd."

Überhaupt nur Körper aneinandergereiht, sitzend, stehend, mittlerweile dicht gedrängt, ohne Identität. Nur Hüllen anwesend. Sprachlose Gesichter, so hart, so provokativ präsentiert. Miefige Luft aus den Tunnelanlagen, durch die sich immer wieder öffnenden Türen hereingedrückt, die nicht vor den Mündern und Nasen Halt machte. Geballte Kälte, erstarrte Unnahbarkeit, einen Bahnhof nach dem anderen abarbeitend.

Immer wieder die Ansagen. Immer wieder „Ausstieg in Fahrtrichtung links", seit der Einfahrt in den Tunnel. Das Gleichmütige dieser Stimme.

Sie kannten das, die Körper und Gesichter. Sie kannten jedes Wort. Sie wippten weiter, starrten unbeeindruckt ins Leere.

Und Heidelinde und ihre nicht mehr enden wollende Schuld.

10

Constanzes Augen hatten Rehe gesehen.

Warum diese Tiere an der Wand eines U-Bahnhofs? Auf ihren Rücken Gegenstände.

Eine Spritze, die große Nadel nach hinten zeigend. Ihre Haltung gebückt, gehend, Kopf nach unten, eines nach dem anderen, keine Hörner. Dazwischen Blumen, Gräser, angedeutet. Dann ein Einkaufswagen, auf dem Rücken eines der Rehe, und dann – dann ein Telefon und immer die geduckte Haltung und die Blumen dazwischen, auf den Gräsern als Striche gezeichnet, in fahles Licht getaucht. Machte das Sinn?

Station Habsburgerallee und die Rehe. Rehe auf blassbeigen Fliesen, schwarz skizziert, vom Schmutz der Jahre verblasst, eine einsame Karawane an der Wand.

Fast erdrückt, eine stille Kolonne.

Die Last so schwer wie ihre Last.

Diese Last, die sie mit sich herumtrug, seit Wochen schon. Die Last, die sie fertigmachte, die sie nicht schlafen ließ, die ihr Kummer machte.

„Rolf", dachte sie jetzt. „Wir hätten doch …!"

Noch immer hatte er einen Platz in ihrem Kopf.

Rolf! – Geschieden! Kühl, überlegt, emotionslos! Nach der Schlammschlacht klare Teilung des Eigentums.

Achtundvierzig Wohnungen, jeder vierundzwanzig.

Zehn Geschäfte, jeder fünf.

Ohne Unterhaltsanspruch!

Fünf Minuten! Dann hatte jeder sein Leben zurück.

Ihr Traum, ein Kind! So lange her.

„Nicht jetzt! Zu früh!", hatte er gesagt. Das Geschäft wichtiger, die Zeit nicht reif.

„Nicht jetzt, zu ungünstig!", sagte er später. Das Leben zu lebenswert. Die Zeit zu knapp.

„Nicht jetzt, zu spät!", sagte sie irgendwann und ging.

Ihr Rolf, der Egoist. Ihr Rolf mit besonderem Charisma. Ihr Rolf, ihr Mann, ein halbes Leben lang.

Seine Energiezufuhr die Frauen, Sex sein Brennelement, Bewunderung seine Nahrung und Lob seine Gier.

Bei ihr war er geblieben, doch der Preis dafür hoch.

Er bot Glamour und Reichtum und nahm sich ihre Bewunderung, verlangte ihre Aufmerksamkeit. Eine echte große Liebe? Nicht vorgesehen in seinem Lebensplan. Die Fähigkeit hierfür nicht ausgebildet.

„Rolf!", sie seufzte. „Rolf", und die U-Bahn hatte die Rehe da draußen mit der großen Last hinter sich gelassen.

11

Es quietschte, es zischte. Dann Stille.

Heidelindes Gesicht im Spiegel des Fensters. Noch war sie schön!

Noch war da ein Blinken, ein Glitzern in ihren Augen. Das Fenster zeigte dies nicht. Aber es war da.

Heidelinde ließ sich Heide rufen. Was sich ihre Mutter wohl bei dem Namen gedacht hatte?

Der Zug stand und mit ihm ihre Gedanken.

Ihre Augen in den Augen des Fensters. Ein wenig schmutzig, verschwommen von den klebrigen Resten der letzten Feuchtigkeit. Putzte man die Fenster nicht?

Ein Räuspern in der anderen Ecke und die Blicke der anderen in ihrem Rücken.

Still, aber bohrend, fordernd, lästig.

Draußen die Betonwand. Kalt, graubraun, unfreundlich. Drinnen der Geruch der Körper, das Vielerlei der Menschen, der Zorn auf die gestohlene Zeit, der fahle Geschmack einer immer stickiger werdenden Atemluft.

Das Liebespaar ihr gegenüber zu nah, zu ungehörig. Immer schlimmer.

Die Zunge an der anderen Zunge. Das Lecken, das Schmatzen.

Wirklichkeit in den Augenwinkeln. Neben den Augen im Fenster.

Das Mädchen mit den tiefschwarzen Haaren, den schwarz umrandeten Augen, den schwarz bemalten Lippen, dem Piercing im Kinn und an den Schläfen und der Junge, ebenso schwarz, mit noch mehr Metall in der rechten Lippenecke.

Wie küsst es sich damit? Und wie, wie um Himmels willen, mit den Kugeln in der Zungenspitze?

Intimität offengelegt. Die U-Bahn.

Heidelinde weit weg. Ihre Liebe, ihre Freude. Franz als junger Oberschüler. Zwei Jahre älter. Ein toller Kerl. Leichte Locken über hoher Stirn, kaum zu bändigen, frech, jung, attraktiv. Eisgraue Augen unter buschigen Wimpern. Lachfalten auf brauner, gesunder Jungmännerhaut. Ein schlanker, knackiger Körper, gestählte Muskeln an den Armen. Ein Ruderer.

Ihr gehörte er. Ihr, Heidelinde. Der erste Kuss am Baggersee. So schüchtern, so vorsichtig. Hinterm Gebüsch. Verborgen, heimlich, zart. Dann ihre Hände in seinen Händen und am Heimweg seine Brust an ihrem Rücken, auf der Stange seines Fahrrads.

Ein kleines Glück, ein junges Glück. Heide 17 Jahre alt, Franz 19 Jahre.

Die neidischen Blicke der anderen und ihre Hände, ganz vorsichtig unvorsichtig immer wieder aneinander, mehr nicht.

Das ist er. Das wusste sie sofort. Er war es nicht, das spürte sie bald.

Hier aber, die sabbernden Münder zweier Jugendlicher. Ungeniert. Öffentlich!

Das Dunkel ihrer Pupillen zur Seite gerichtet. Ein breites Grinsen.

Heidelinde mochte das nicht. Die Münder wussten das. Deshalb küssten sie weiter.

Der Junge fuhr dem Mädchen mit den Händen wild über den Körper. Die Hände des Mädchens in fingerlosem Leder. Stöhnte sie?

Heidelinde mochte das nicht wissen. Draußen blieb die Wand graubraun. Der Zug stand an derselben Stelle.

Die Körper der anderen Menschen in seltsamer Unruhe. Erst unmerklich, dann mehr und mehr. Ein Knistern, ein Räuspern, ein Husten und Schniefen. Das Krähen des kleinen Mädchens weiter hinten.

„Mamaaaa, warum fahren wir nicht!"

„Ich weiß es nicht!", ihre genervte Antwort. „Es geht sicher gleich weiter!"

Sonst kein Wort! Aber das Raunen der Menge. Die Bewegung der Körper. Das Schmatzen der Münder.

Heidelinde war zurück bei Franz, bei seinen Locken, bei seinen Wimpern, seinen gestählten Muskeln und seinem knackigen Hintern.

Jetzt hatte sie einen anderen Franz. Die Locken waren einer hohen, kahlen Stirn gewichen, das Bier hatte sein Gesicht aufgeschwemmt, die Muskeln hingen schlaff herunter, die knackige Vorderfront zierte ein wabbeliger Bauch. Er trug die Hosen zwei Nummern größer.

Männer dürfen Bäuche haben, sagte er immer, und die kahle Stirn ist die Stirn eines Denkers.

Für sie war es eine Glatze und sie hatte die Locken lieber gemocht. Er hatte ihr nicht gesagt, dass sie bald weg sein würden, die Locken, und er hatte ihr auch nicht gesagt, dass all das Rudern auf Dauer nicht gegen seinen Bierbauch ankäme. An später hatte sie nie gedacht.

Sie war doch so verliebt gewesen.

Franz war gerade so durchs Abitur gekommen. Das reichte doch, hatte er immer betont. Für einen Lehrer allemal.

Also studierte sie mit ihm Lehramt, denn zwei Gehälter sind nun mal mehr als eines und sie liebte ihn ja. Dazu die spätere Pension. Wo wäre man besser versorgt?

Ja, sie liebte ihn so sehr. Sie hätte alles für ihn getan. Warum also nicht Lehramt studieren?

Das hatte Vorteile! Das war gut. Herrliche lange Ferien zur gleichen Zeit, und wenn man sparte, dann reichte es auch noch fürs Eigenheim. Draußen vor der Stadt. Dort, wo es eh viel schöner ist.

Und noch immer stand der Zug. Draußen das Graubraun der Wand.

Beunruhigend! Bedrohlich!

Ihr wurde heiß. Ihr wurde kalt. Sie holte tief Luft.

Es war ihr doch immer wieder passiert. Auch in Aufzügen. An engen Stellen, dort, wo viele Menschen waren. Diese Angst kannte sie und die Stille, die keine war, trieb sie an.

Warum sprachen sie nicht, diese Menschen? Warum fragten sie nicht?

Warum taten sie so, als sei alles normal, obwohl ihre Körper anderes sagten? Die finsteren Mienen, die nervösen Hände, die hektischen Blicke.

Spürten sie nicht auch Angst? Angst, die sich heranschlich, wenn die U-Bahn stehen blieb.

Nicht planmäßig. Einfach so.

Der Dicke in der Nähe der hinteren Tür starrte wie vorher unverhohlen auf den Boden. Die Hände in den Hosentaschen. Unbeeindruckt. Der labberige, große, weiße Pullover hing teilnahmslos an ihm herunter. Nichts an ihm teilte etwas mit, seit drei Stationen. Die Asiatin auf der anderen Seite klammerte noch immer an ihrer schwarzen, schicken Aktentasche, die Beine fest aneinan-

dergepresst, so wie sie der kurze Rock im Sitzen freigege-
ben hatte. Wie Heidelinde suchten ihre Augen Halt an der
Wand draußen. So graubraun wie auf der anderen Seite,
so bedrohlich gleich und so schweigend. Auch die spärli-
che Notbeleuchtung des Tunnels veränderte nichts.

Warum glotzten sie so? Die alle hier, mit denen sie gerade
ihr Leben verbrachte?

Kannten sie es? Sah man ihr etwas an? Oder hatten sie
am Ende das Gleiche?

Ging es ihnen auch so?

Wollten sie etwas von ihr? Oder hatten sie nur alle Ähnlichkeit mit Franz? Er schaffte das auch! Glotzen! Stun-
denlang, manchmal auch tagelang. Mit oder ohne Grund.
Er konnte durch sie hindurchsehen mit der monotonen
Gleichgültigkeit einer Milchkuh. Dabei gelang es ihm
ebenso penetrant wie ignorant, seine Augen auf sie zu
richten ohne irgendeine Regung. Die großen Pupillen in
dem etwas fahlweißen Augapfel herausgedreht, aber starr,
reglos. Dann ließ er nicht von ihr ab. Er fixierte sie. Wie
der Wolf seine Beute.

Beute! Ja, sie war die Beute! Nicht zum Töten ausgesucht.
Zum Quälen!

Und es quälte sie. Es quälte sie die Ignoranz. Die Erniedri-
gung, das Gefühl, zu viel zu sein.

Hier nun glotzten sie alle ein wenig wie Franz und in der
überfüllten U-Bahn spürte man die Kälte der Einsamkeit.

Sie warteten. Sie warteten alle. Darauf, dass der Zug wei-
terfahren würde und sie entfliehen könnten. An der
nächsten Station, am Zoo oder dann an der Konstablerwache oder wie Heidelinde an der Hauptwache. Die Türen würden sich öffnen und sie würden hinausrennen, um
den Nächsten Platz zu machen, die hereindrängten.

Sie hatte schon gehört, dass es manchmal vorkam, dass die Menschen aussteigen mussten und durch den Tunnel gingen. Auf einem ganz schmalen Pfad.

Aber mit diesen Menschen, mit diesen Gesichtern konnte sie doch nicht gehen! Nicht durch einen schwach beleuchteten Tunnel, an der graubraunen Wand entlang, hintereinander aufgereiht! Nein, das konnte sie nicht!

„Es wird doch nicht geschehen!", dachte sie. Ihre Hände schwitzten und auch ihr Herz begann, heftiger zu schlagen.

Die Jungen kümmerte nichts. Sie schleckten sich weiter. Sie würden wohl auch nicht gehen. Sie waren anders als sie und ihr Franz. Sie hätten ordentlich in der U-Bahn gesessen in dem Alter. Allenfalls mit den Händen hätten sie sich berührt, unauffällig, brav, sittsam. Ob diese jungen Leute eine Ahnung hatten, was es bedeutete? Sittsam?

„Nur noch zwei Stationen!", las sie oben in der Anzeige. Zoo, Konstablerwache. Das war doch nicht mehr viel. Das würde sie schaffen. Sie war doch schon so weit gekommen.

Der Zug bewegte sich nicht.

Sie kannten das, die anderen. Sie mussten es kennen, so wie sie sich verhielten. Der Junge mit dem Handy in der Hand, der dauernd darauf herumdrückte, aber nicht ein einziges Mal hochblickte. Die ältere Frau mit der Tasche auf dem Schoß, die gleichbleibend unfreundlich zu ihr herüberstarrte. Die junge Frau daneben, im feinen Kostüm, edler Handtasche, perfekt gestylt, die nicht eine Sekunde aus ihrer Zeitung aufsah.

Irgendwie wirkten sie ruhig. Ruhiger als sie.

Konnten sie den Schweiß riechen, den sie gerade produzierte? Der unter ihren Achseln sekundenlang festhing und dann Tropfen für Tropfen an ihrer Haut entlang bis in ihr Unterhemd rann? Wie gut, dass sie noch eine Jacke trug. Eine dünne, weiße, mit silbernen Knöpfen und großem Revers. So blieben die nassen Flecken unsichtbar. Noch!

Auch diese Angst hatte sie ein Leben lang. Die Angst davor zu riechen. Sie pflegte sich. Schon immer. Sehr sogar. Zu sehr, fand Franz. All das viele Geld für ihre Körperpflege hätte man anderweitig investieren können. Reine Verschwendung!

Als sie in das Fenster blickte mit der graubraunen Wand dahinter, war ihr plötzlich klar: verhärmt! So sah sie jetzt aus! Jetzt fand sie nicht einmal mehr das Blinken, das Glitzern in ihren Augen. Nichts war mehr da von der fröhlichen, hübschen Heidelinde, die den Männern den Kopf verdrehte, die immer noch einen Plan B hatte, wenn Plan A versagte, und die vor allem eines versprühte, pure Lebenslust. All das war ihr verloren gegangen. Irgendwo auf der Strecke geblieben, zwischen Schwangerschaft, Kindergeschrei, Geldsorgen, Eheproblemen, Gymnastikstunden, Gartenarbeit und Hausputz. Sie hatte gelernt, wie die Rosen zu schneiden waren, dass der Rasenmäher nach Öl verlangte, und wehe, sie hatte nicht alles pünktlich auf der Reihe oder der Buchs vor der Haustüre wuchs auch nur um ein Blättchen aus der Form. Sie funktionierte und Pünktlichkeit in allen Dingen ersparte ihr Diskussionen.

7 Uhr Frühstück, 13.30 Uhr Mittagessen und 18 Uhr Abendessen, dazu der gut aussehende Buchs und ihr Tag war gerettet.

Franz verlangte das! Er durfte das. Er war ihr Mann. Ein Mann, der sich sehen lassen konnte. Einer, der nicht nur ganz Kerl, der auch ganz Mann und ab und an auch Ehemann war. Wenn er Lust hatte!

Mit dieser Lust kam er zu ihr. Er fragte nicht. Er nahm sich. Es stand ihm zu.

Und wenn er sich keuchend über sie wälzte, schwer atmete, sich schließlich aufbäumte und dann erleichtert seufzte, drehte sie sich weg, versank irgendwo tief in sich, das Unrecht ertragend.

All das erduldete sie. Seit Jahren.

Nur der Ekel ging nicht mehr weg. Er wurde schlimmer und schlimmer.

Und dann waren da noch die Blumensträuße, zwei Mal im Jahr.

Die Rosen, dieser Spott, dieser Hohn. Glaubte er wirklich, dass er damit Rechtfertigung erlangte? Glaubte er wirklich, das würde den Schmerz tilgen? Dachte er, Heidelinde wäre damit ruhig gestellt? War sie so billig?

Der Schnee fiel ihr ein. Der Schnee des letzten Winters. So viel Schnee wie lange nicht mehr. Jeden Tag! Schnee, Schnee, Schnee.

Eine Herausforderung für die Nachbarn.

Wer räumt schneller, besser, eifriger? Thomas Renke, er war der Beste!

So einer wie der Typ hier an der hinteren Haltestange. Ebenso griesgrämig, mit muffigem Ausdruck, finsterem Blick. Renke, der Nachbar, zwei Häuser weiter. Hier an der Haltestange lehnte sein Doppelgänger. Was für eine Ähnlichkeit!

Buschige, dunkle Brauen unter tiefen Stirnfurchen. Unter den tief liegenden Augen dunkle Tränensäcke. Ein ausdrucksloser Blick. Dicke, aufgesprungene Lippen, eingebettet in dichte schwarze Barthaare. Ob seine Frau ihn gern küsste? Mit diesen Haaren?

Ob dieser hier auch Schnee räumte? So wie Renke?

Der letzte Winter verlangte von ihm alles und er gab alles. Von früh um sieben bis um Mitternacht, schließlich sogar schon ab fünf Uhr.

Die Stille der fallenden Schneeflocken. Das schlürfende, krachende Geräusch des Schneeschiebers.

„Renke!" Das genervte Murren ihres Mannes. „Der schon wieder!"

Dann stand er auf, zog sich an. Das konnte er nicht zulassen. Nicht, dass Renke alles besser, alles sauberer hatte als er. Göller konnte das auch nicht, genauso wenig wie Zimmermann. Wettkampf der Nachbarn. Früher, schneller, sauberer.

Genau bis zur Grundstückgrenze! Keinen Zentimeter weiter.

Schließlich Streit! Zu große Schneehaufen am falschen Platz. Göllers Garageneinfahrt fast zugeschaufelt!

Ob er auch so Schnee räumte, der Typ an der Haltestange? So verbissen wie Renke, Göller, Zimmermann und Franz?

Heidelinde lächelte. Der verachtende Blick eines Mannes weiter hinten.

Besser kein Lächeln mehr. Sie sah hinaus auf die Wand. Hier war es nicht wichtig, wer wann Schnee räumte, und schon gar nicht, wie gut er darin war. Hier durfte sie lächeln.

Der an der Eissporthalle eingestiegen war, räusperte sich. Ein ungewöhnlicher Klang inmitten der lauten Stille. Kurz, fast wie ein Schnauben. Zweimal hintereinander.

Heidelindes Blick war zurück. Eine Sekunde das Treffen ihrer Augen. Die seinen, hinter den runden Gläsern der Brille, schwarz eingefasst, unbewegt. Wieder das Räuspern. Diesmal ein Grunzen. Dann sein Griff nach unten und ihr Blick nur für eine Sekunde auf der kahlen Stelle oben am Kopf, wie eine Tonsur, rund, ein wenig speckig glänzend. Er schwitzte. Mit einer großen Plastikflasche tauchte er wieder auf. Sein Trinken leise, doch sichtbar, an der Kehle. Schluck. Schluck.

Ein Fleischberg. Eine kakifarbene Hose, Cargoform, kurz, nur bis zum Knie. Riesige Oberschenkel, bestimmt vierzig Zentimeter von der Seite betrachtet. Eine Tasche auf dieser Stelle, mit silberfarbenem, abgewetztem Knopf, neben grob abgefassten Nähten. Säulenartige, bleiche, nackte Beine, weiße Socken in riesengroßen blau-weißen Turnschuhen. Das aufgedunsene, ausdruckslose Gesicht mit kurzen Bartstoppeln, langen Koteletten, ungepflegt. Dicke Finger an dicken Händen mit abgefressenen, schuppigen Fingernägeln auf der Hose ruhend, ein Rucksack zwischen den Beinen.

Heidelinde floh zurück zur Wand.

Ostersonntag würde sie einen Sauerbraten machen. Spätzle dazu und Salat! Franz würde das wollen! Zum Feiertag gehörte ein Braten! Unbedingt! Da verzichtete er ausnahmsweise auf sein heiß geliebtes Schnitzel.

„Ach Heinrich!", dachte sie. „Dir hätte ich alles kochen können. Du hättest dich einfach nur gefreut. Nicht gemeckert und alles infrage gestellt! Aber du hättest mich ohnehin nicht arbeiten lassen, schon gar nicht an Ostern. Du wärst mit mir essen gegangen! In ein schönes Restaurant. In ein edles Restaurant. Wie damals!"

Wieder das Räuspern hinter ihr. Woanders ein Husten. Dann ein Kichern. Die beiden Mädchen hinten an der Wand. Die einzigen Fröhlichen hier, mit Kopfhörern in den Ohren und Handys in der Hand.

Heinrich! Heidelinde schloss die Augen.

Und sie hasste Franz, wie sie ihn nie zuvor gehasst hatte. All diese Menschen hier, alle zeigten sein Verhalten: desinteressiert, gelangweilt, gestört, widerwillig! All diese Menschen hier erinnerten sie an ihn.

Auch er hatte es, das U-Bahngesicht! Dieses Gesicht, das ausdruckslos alles abwehrte, das Gefühle aussperrte, Distanz aufbaute. Er bediente sich dieses Gesichtes allzu oft.

Sie hasste sich. Dafür, dass sie nicht aufbegehrt hatte. Dass sie sich nicht durchgesetzt hatte. Dafür, dass sie ihn gewähren ließ. Dafür, dass er sie missbrauchte.

12

Später hätte Constanze nicht einmal sagen können, dass die Bahn stillstand.

Die minutenlange Andersartigkeit. Die Angespanntheit der Körper. Ein flacheres Atmen, ein zwanghaftes Husten, aufgerissene Augen und andere, die die Anspannung zum Schließen zwang. Flatternde Nasenflügel, das Rascheln schwitzender, riechender Körper, Gesichter, geprägt vom Unwohlsein der Ungewissheit. Das alles verlangte noch mehr Zeit von ihr. Zeit, die sie ohnehin nicht hatte geben wollen.

Sie hätte niemals hier sein sollen. Allein der Umstand, dass sie hier saß, machte ihr zu schaffen.

Das war nicht die Anonymität, die sie gesucht hatte. Diese Anonymität rückte ihr auf den Leib. Sie machte sich breit, verlangte Geduld, schrie nach Toleranz, schien sogar neugierig zu sein.

Nach dem Kreischen der Bremsen das Starren der Augen. Nur sie, die Frau gegenüber, sie hielt jetzt die Augen geschlossen. Aufrecht, die Hände immer noch um die Handtasche gelegt, saß sie da, mit einem winzigen Zucken der Lippen ab und an, ein Zittern mehr, das dem Ansatz eines Lächelns in Millimeterbreite glich.

Constanze spürte das Glück dieser Frau, ihre positiven Gedanken, während in ihr der Neid brannte. Früher war sie auch glücklich gewesen. Unvorstellbar die Situation, in der sie sich jetzt befand.

War es richtig? Tat sie das Richtige? Was, wenn es ein Fehler war? Was, wenn sie es nicht würde ertragen können? Könnte sie noch einmal glücklich werden oder würde sie dann ein elendes Leben führen? War nicht die Verantwortung einfach zu groß?

Immer war sie alleingelassen worden in wichtigen Entscheidungen. Nie war da ein Rat für sie, nie eine Hilfe.

Augenlider zitterten.

„Sie denkt an ihre Kinder!", dachte sie. „Oder an die Enkelkinder."

Nein, so alt war sie noch nicht! Oder doch? Der Lidstrich nicht perfekt. Der Lidschatten ungleichmäßig verteilt. Zu viel Lila am unteren Lid, zu wenig Dunkel in den Ecken.

Und die Klümpchen der Wimperntusche.

Constanze legte Wert darauf. Wert auf perfektes Schminken, gutes Aussehen.

Heute nicht. Heute war nicht der Tag dafür.

Und doch, ihr Styling stimmte.

Wer von den Menschen wusste schon, dass sie sonst noch besser aussah, dass sie das Haus nicht verlassen würde ohne Kontrolle vor dem Spiegel?

Wer wusste schon, dass sie einen schweren Gang vor sich hatte, dass dieser Tag die Hölle für sie bedeutete?

Jetzt kaute er auf dem Flaschenhals, der junge Bursche weiter hinten. Die Mineralwasserflasche in seiner Hand, halb voll nur noch. Immer wieder setzte er zum Trinken an, taxierte die anderen Menschen frech, denen er den Platz blockierte, den Platz neben sich. Die Hereinkommenden schauten nur, gingen dann weiter, denn dort war der Rucksack, lasch auf seinem Nebensitz platziert, groß, schwarz, abgetragen. Warum hätte er ihn wegnehmen sollen? Er dachte gar nicht daran. Jetzt schaute er unruhig hin und her. Unter der Schildmütze, weit in die Stirn gezogen, verschwand sein Gesicht, verwehrte er Kontakt, den Kontakt zu seinen Augen.

Ja, Constanze war glücklich gewesen. So glücklich.

Nicht so verbissen wie der, der jetzt am Drehverschluss der Flasche schraubte, darauf herumbiss, der den Stockschirm in seiner Hand ständig auf den Boden klopfte, dessen rechtes Bein unablässig zitterte. Nur der Rucksack auf dem Sitz neben ihm lag still.

Dann wischte er sich auch noch Mund und Nase am Ärmel ab.

Angewidert sah Constanze weg.

Bitterkeit! Bitterkeit fühlte sie. Bitterkeit darüber, dass sie hier saß.

Auch Rolfs Neue erzeugte diese Bitterkeit.

Erst dreißig! Na klar!

Bildschön! Das war zu erwarten!

Ein wenig gescheit! Na gut!

Aber sie hatte, was er ihr verweigert hatte.

Ihr gab er, wonach sie sich gesehnt hatte.

Ein Heim, eine Liebe, ein Kind!

Mein Gott, ein Kind!

Mit der Anderen, nicht mit ihr!

Das grässliche Gefühl der Eifersucht überall in ihr. Immer wieder und gerade jetzt heftiger denn je.

13

Rolf jedoch war weniger glücklich, als sie glaubte.

Er hatte nie ein Kind gewollt.

Es war ihm aufgezwungen worden. Einfach gekommen, ungefragt.

Constanze war ihm in der Spur gelaufen. Er hatte sie da gehabt, wo er wollte.

Niemals hätte sie es gewagt, ihm ein Kind vor die Nase zu setzen.

Alles war klar abgesprochen. Alles wurde befolgt.

Beate jedoch war dreist genug. Jung und dreist.

Ja, sie war ein Schmuckstück, mehr als Constanze, bei der schon ein wenig der Lack ab war, deren Haut nicht mehr ganz so frisch war und deren Gesicht erste Spuren des Lebens zeigte.

Ja, die anderen Männer beneideten ihn um diese Frische, um die Jugend, die sie ihm letztlich irgendwie zurückbrachte.

Ja, sie war wilder, fordernder, zügelloser als Constanze.

All das beflügelte ihn, gab ihm Auftrieb, stärkte sein Ego, verlieh ihm neuen Glanz.

Ihr Strahlen, sein Strahlen.

Aber letztlich gierte sie nach Absicherung.

Wollte bei ihm bleiben, versorgt sein. Das war nicht in seinem Sinne.

Das Kind störte ihn. Es verlangte zu viel. Es stand im Mittelpunkt.

Das jedoch genau war sein Platz. Schon damals von seiner Mutter zugewiesen, nach der Trennung vom Vater. Der war einfach gegangen, als Rolf erst fünf Jahre alt gewesen war.

Ein Schock für sie, ein Schock für ihn. Von da an lenkte seine Mutter ihr ganzes Augenmerk auf ihn. Das Kind musste herhalten als Partnerersatz.

Er war ihr Sonnenschein, ihr Lebensglück, ihre Freude.

Für ihn sorgte sie bei Tag und Nacht. An nichts sollte es ihm fehlen. Sie hätte alles für ihn getan.

Ihr Sohn, ihr Heiligtum, ein Leben lang.

Schnell hatte er herausgefunden, wie er sich verhalten musste, welche Tricks er brauchte, um alles, alles zu bekommen, was er sich vorgestellt hatte.

Niemals machte er etwas verkehrt. Alle seine Fehler wurden verdeckt, alles blieb ungesühnt, egal, was er machte.

Seine Gemeinheiten anderen Kindern gegenüber tat sie als Lappalie ab, sein Schießen mit der Zwille auf Katzen als dummen Jungenstreich, jede Frechheit ihr gegenüber als Herausforderung, der sie sich stellen musste.

Doch all die Nachsicht hatte ihren Preis.

Sie ließ ihn nicht los. Sie vergötterte ihn.

Und so ließ sie nicht nur den kleinen Jungen in ihr Bett kommen, sondern auch der große Rolf, schon zwanzigjährig, war noch immer ab und an in ihr Bett gekrochen.

Auch daran dachte Constanze in der U-Bahn. An die Schwiegermutter und ihre Fehler, die ihren Rolf letztlich zu dem empathielosen Wesen gemacht hatten, das sie so verletzen konnte.

Constanze hätte es wissen müssen, sie hätte Vorsicht walten lassen müssen. Spätestens als Doris, eine Freundin, ihr von alldem erzählt hatte, mit Freude in den Augen.

Da hätte sie wissen müssen, dass man den Sohn einer solchen Mutter niemals ganz bekommen konnte, dass Liebe ihm fremd war, dass es für ihn nur einen Menschen gab: sich selbst.

14

Heidelinde hatte die Augen immer noch geschlossen.
Heinrich.
Sie war ihm auf einer Vernissage begegnet. Später hatte sie nicht mehr sagen können, was es gewesen war. Einfach nur seine großartige Erscheinung? Oder seine formvollendeten Manieren? Die Tatsache, dass er einen feinen Anzug trug, oder seine gepflegten, weichen Hände, die bei der ersten flüchtigen, grüßenden Berührung eine Gänsehaut hinterließen?
Heidelinde war doch so katholisch! Sie wusste doch, dass man den Mann nicht betrügen durfte. Und einen Mann wie Franz! Den schon gar nicht!
Heinrich!
Hier in der U-Bahn tat er ihr gut. Sie hatte ihn noch immer fest in ihren Gedanken verankert.
Die Gedanken sind frei! Das war ihr einziges Privileg.
Also durfte sie ihn dort haben. Durfte mit ihm schlafen, wenn ihr danach verlangte.
Und es verlangte ihr.
Immer und immer wieder. Nein, nicht hier unter diesen Menschen! Hier nicht. Aber oft genug, wenn sie den Buchs ansah, wenn Franz am Buchs vorbeigegangen war, in sein Auto gestiegen und selbstherrlich davongefahren war.
Dann kam Heinrich. Er nahm sie mit. Weg aus ihrer kleinkarierten Welt. Dann spürte sie wieder seine zarten Hände. Weiche, warme, starke Männerhände. Hände, die streichelten, die fühlten, die berührten. Mit den Fingerkuppen über ihre Handfläche, Hand in Hand, dann ganz vorsichtig über die Arme nach oben. Ganz langsam. Be-

hutsam die flüchtige Berührung an ihrem Hals, der weiche Kuss auf ihre Stirn, auf die Wangen, auf den Hals und endlich, endlich auf ihren Mund. Die samtige Wärme seiner Lippen auf den ihren, ohne Hast, und seine Hände an ihrer Bluse, an jedem Knopf kurz innehaltend. Ihre Brüste, die zitterten, den Händen unter der aufspringenden Bluse entgegendrängten, und immer noch die weichen Lippen auf ihrem Mund. Er ließ sie spüren, wie wertvoll sie ihm war, und wenn er sie endlich nackt vor sich hatte, wenn seine Erregung den Raum füllte, wenn die ihre ihren Körper erzittern ließ, ihrer beider Atem laut und heftig wurde, dann wartete er noch einen Augenblick, um sie anzusehen. Augenblicke, in denen sie sich fühlte wie eine Königin, begehrt, geachtet, verehrt.

Wenn sie dann in seinen braunen Augen seine Lust sah, sich die ihre darin spiegelte, wenn sich ihre Körper im Einklang miteinander bewegten, wenn seine weiche Haut über ihre glitt, wenn sie in der Erfüllung dieser Liebe ineinander versanken, bebend, zitternd, dann wusste sie, dass sie ihn liebte.

Sie tat es immer noch. Sie würde es wohl immer tun.

Sie liebte diese Momente, wenn er ihre Gedanken erfüllte, wenn sie zurückkonnte zu ihm, in seine Arme, wenn er ihr seine Liebe schenkte, auf die sie verzichtet hatte, für die Kinder, für Franz, für das, was alle Moral nannten, für ihr erbärmliches Leben hinter Buchs und gewachsten Fußböden.

Heinrich stützte sie, gab ihr Kraft, auch hier unter der Erde, in dem grauen, dunklen Tunnel, mitten unter den Menschen, die sich und den anderen nichts zu geben und zu sagen hatten.

Oft genug hatte er nur zart ihr Gesicht gehalten, es umspannt mit beiden Händen, als ginge es um einen wertvollen Pokal, der ihm nicht entgleiten durfte.

„Du bist meine Göttin!", flüsterte er dann und: „Du bist das Wertvollste für mich! Ich liebe dich so sehr!"

Heinrich war so anders als Franz. Er spürte, er lebte, er gab, er nahm.

Wie hatte sie ihn zurückweisen können, dachte sie jetzt, mit einem Blick auf die schöne Frau dort drüben. Sie hatte sicher so einen Heinrich. Sicher ging es ihr so gut, wie sie es sich immer für sich gewünscht hatte.

Heinrich! Sie seufzte. Warum nur war sie ihm so spät begegnet, als die Kinder noch klein waren, ihre Ehe noch jung war?

Heinrich. Sein langes, ovales Gesicht, mit buschigen Augenbrauen und einer langen, filigranen Nase, unter der ein voller Mund mit den schönsten Männerlippen meist lächelte. Jugendlich seine fast blonden, hellen Haare, seitlich über die Stirn gekämmt, mit ein paar spitzbübischen Fransen, leichten Wellen, kurz geschnitten.

Seine Kleidung. Immer edel. Oft auch Jeans, aber immer mit Sakko, sportlich oder elegant.

Meist ein Hemd, mit oder ohne Krawatte. Seine wunderschönen Hände, sein schlanker, sportlicher Körper, seine stattliche Größe.

Heinrich war geschieden. Lange schon, es sei einfach nicht das Richtige gewesen, hatte er gesagt.

Er war frei, frei für sie. Er wollte sie. Sie wollte ihn. Das Leben wollte das nicht und genau jetzt, genau jetzt wusste sie, dass das falsch gewesen war.

Später, als Heinrich längst Vergangenheit geworden war, als seine Leidenschaft nur noch ihre Träume erfüllte, besuchte sie immer noch Vernissagen, vielleicht weil sie glaubte, es gäbe noch einmal einen Heinrich in ihrem Leben. Einen Heinrich, den sie dann ganz bestimmt festhalten würde, den sie nicht mehr fortschicken würde wegen der Kinder, wegen der Leute, wegen des Hauses, wegen ihres ganzen erbärmlichen Lebens, wegen Franz. Einen neuen Heinrich würde sie behalten, in sich aufnehmen und nie, nie wieder hergeben.

Es gab nie wieder einen. Es gab nur ihre Erinnerung. Die Erinnerung an das ganz große Glück in ihrem Leben.

Jetzt in dieser U-Bahn, unter all diesen Menschen, die so gleichgültig blickten, deren Gesichter keine Mimik, deren Körper kein Leben zeigten, bäumte sich alles in ihr auf.

War dieser Verzicht wirklich nötig gewesen? Für wen? Für die Menschen in ihrer Umgebung? Für die Nachbarn, die sich das Maul zerrissen hätten?

„Kremers lassen sich scheiden! Sie hat einen anderen! Hast du das schon gehört!", hätte die Zimmermann getuschelt. Hinter vorgehaltener Hand!

„Wie kann sie nur? Sie hat doch die Kinder!"

„Oh Gott, der arme Mann!", hätte die Göller gesagt. „Wie soll er das alles ohne Frau schaffen?"

Und in der Schule! In der Schule hätten sie auch gelästert! „Dabei hat er doch immer so gut für sie gesorgt!"

„Was fehlt ihr denn? Sie hat doch alles! So ein schönes Haus!"

„Wie kann sie sich nur so benehmen? Es ist eine Schande!"

Die Schadenfreude hätte ihr Leben bereichert. Nahrung für ihre Boshaftigkeit. Ein Freudentanz der Garstigkeit.

Sie wäre die Schlampe gewesen! Die mit dem Verhältnis. Die Betrügerin! Die Fremdgängerin!

Franz dagegen in der Rolle des Betrogenen, des Bedauernswerten! Unvorstellbar!

Heinrich! Wie schön war diese Zeit mit ihm gewesen! Die wenigen Male, in denen sie sich ungestört treffen konnten. Keine Nacht hatte sie ihm schenken können. Nur wenige Stunden.

Stunden im Hotel, beladen mit einem schlechten Gewissen.

Dann hatte sie sich fortgeschlichen. Mit der Röte des Verrats im Gesicht war sie zurückgekehrt, mit einem Herzen, das klopfte und pochte, als könne die ganze Welt sehen und hören, was geschehen war.

Das erste Mal mit Heinrich.

„Ich besuche Mama!", hatte sie nur gerufen.

„Bleib nicht so lang!", war seine Antwort.

Dann war sie gegangen. Mit dem Auto. Er wartete 20 Kilometer entfernt im Wohnort ihrer Mutter.

„Mama!", hatte Heidelinde gesagt. „Mama, kann ich sagen, dass ich bei dir war? Ich brauche etwas Zeit für mich!"

„Natürlich, mein Kind!", hatte sie geantwortet. „Was immer du willst! Du wirst das Richtige tun!" Sie stellte nie Fragen, sprach das Thema nie an. Aber ihre gütigen Augen trafen die ihren, und wenn sie sagte: „Geh, geh und genieße deine Zeit!", strich ihre Hand sanft über die ihre. Dass sie gerade sie später so verraten hatte, schmerzte sie jetzt ganz besonders.

„Es sind U-Bahn-Gesichter!", dachte Heidelinde jetzt. Sobald sie die U-Bahn betreten, setzen sie dieses Gesicht auf. Es macht sie unnahbar. Es hält die anderen auf Abstand.

„Rühr mich nicht an!", sagen sie, diese Gesichter! „Wage es nicht! Ich will keinen Kontakt!"

Nur niemand ansehen! Nur kein Gefühl zeigen! Nur keine Regung zulassen!

In der U-Bahn werden sie zum Eisblock, die Menschen. Zu Gestalten, die einsteigen, dastehen oder sitzen, warten und wieder aussteigen. Eine kurze Zeit nur. Eine Zeit, die man nicht mit einem Fremden teilen will.

Ganz bewusst igeln sie sich ein. Drehen die Pupillen weg und, wenn nötig, auch den ganzen Kopf. Sie pressen die Lippen aufeinander, ziehen die Stirn in Falten, spannen die Nasenflügel an. Sie lesen in einem Buch, in der Zeitung oder schauen belanglos wirkend in die Leere. Sie spielen mit ihren Smartphones, tragen Ohrstöpsel, kapseln sich ab. Niemals zeigen sie eine Regung. Selten fällt ein Wort. Sie wirken trotzig, fast böse, befremdlich, unnahbar, teilnahmslos. Sie nehmen nichts wahr, hören nicht hin, sehen nicht hin.

Das erste Mal mit Heinrich. Es war so schön gewesen. So aufregend, so anders.

Der Fleischberg räusperte sich erneut!

An der Haltestange lehnte die Langeweile.

„Ihr alle hier geht mir auf die Nerven!", sagte die dazugehörige Gestalt. Langeweile im Gesicht, in den nach unten gerichteten, verachtend blickenden Augen, in den hängenden Schultern, in den schlaksigen Beinen.

Was für eine Familie mochte er wohl haben, überlegte Heidelinde.

Vielleicht gut situiert. Der Vater Banker, die Mutter Hausfrau. Ein Häuschen, zwei Autos, zwei Mal Urlaub im Jahr.

Er war dagegen. Mit jeder Faser seines Körpers. Gut sichtbar! Er war gegen alles!

Die blasse Frau daneben fiel gar nicht auf. Sie starrte, wie all die anderen, ausdruckslos ins Leere.

Hanna, dachte Heidelinde, Hanna, sie ist ihr so ähnlich.

Wie Hanna. Die schmale, kantige Nase. Die dünne, zerbrechlich wirkende Haut. Die schmalen Augenhöhlen, die langen Wimpern, die dünnen Lippen, kaum hervorgehoben mit einem blassrosa Lippenstift, der sie noch zarter wirken ließ. Hanna!

Mitten in diesen Menschen, mitten in der Enge der U-Bahn, mitten in der Zeit wusste sie, es würde aufhören müssen. Endlich! Es musste sein!

Hanna und ihre Bedürfnisse. Hanna und ihre Forderungen, die ohne und die mit Worten.

Keine verstand wie sie, so klar, aber wortlos auszudrücken, was sie wollte, was sie brauchte.

Sie trug es immer, das U-Bahngesicht, unnahbar, doch so dominant.

Hanna, Heidelindes Cousine, hatte schon immer verstanden, Menschen zu manipulieren, ihre Bedürfnisse durchzusetzen. Hanna … ausgerechnet jetzt dachte sie an sie.

Und diese Frau dort – so wie sie, so wollte Heidelinde sein. Als sie deren Blick gespürt hatte, als sie gespürt hatte, dass ihre Augen sie abtasteten, hatte sie schnell die Hände unter die Achseln gesteckt und ihre Tasche ruhte jetzt alleingelassen auf ihrem Schoß. Diese Hände durfte sie jetzt nicht sehen, die Frau.

Abgearbeitet, rau, rissig zeigten sie, dass Geld und Zeit für Pflege fehlten, dass sie arbeiten musste, dass es ihr nicht so gut ging. Schnell, ungeschickt aufgetragen der

Nagellack. Zu viel an einigen Stellen, zu wenig an anderen. Hände einer Verliererin. Sie schämte sich.

Die Frau sah noch immer herüber. Sie spürte es.

Und der Stockschirm von dem Mann dort hinten klopfte weiter unablässig auf den Boden, während er auf dem Drehverschluss der Flasche immer noch herumbiss und sein rechtes Bein zittern ließ.

Und für einen kurzen Augenblick starrten beide Frauen in diese Richtung und auf den Rucksack, der auf dem Sitz neben ihm lag.

Doch die andere Frau dachte an Rolf. Schloss für Sekunden die Augen, entfernte sich.

Sie war doch so verliebt gewesen in den, den alle wollten. Die Liebe verdeckte die Wahrheit. Die Liebe suchte nach Entschuldigung. Die Liebe ließ Kritik nicht zu.

Constanze war zwanzig gewesen. Hatte Hilmar hinter sich. Ihre Jugendliebe. Er war einfach gegangen, gegangen mit Gertrud, ohne ein Wort. Gertrud mit dem Hüftschwung und mehr Busen. Gertrud, die sie hasste wie niemanden sonst auf der Welt.

Sterben hatte sie wollen und nie wieder einen Mann.

Nach dem Sterbenwollen hatte sie Hass gefühlt und dann die Leere. Dem folgte die Einsamkeit. Liebeskummer für ein Jahr.

Dann Rolf. Auf der Geburtstagsparty von Sabine. Sie sah sie nicht, die Arroganz, die ihn umgab, spürte nicht seinen Ehrgeiz, erkannte nicht seine Leidenschaft, die Leidenschaft sich selbst zu lieben. Sie sah nur, was vor ihr stand. Ein großer, schlanker junger Mann mit einem schmalen Gesicht, einem Oberlippenbart, damals so modern, dichten Augenbrauen über dunklen, geheimnisvollen Augen. Seine fast schwarzen Haare mit langen Kote-letten, hinten gewellt, leicht lockig bis zum Kragen rei-chend.

Sie würde es fühlen, hatte man ihr gesagt. Sie würde füh-len, wenn es so weit war.

Aber es war viel schlimmer gekommen. Es tat weh. Da-von hatte man ihr nichts gesagt. Von den Schmerzen, die das Begehren auslöste, und dass diese Schmerzen schlimmer wurden, sobald sich die dunklen Augen ab-wandten.

Kein Schmerz, wenn er da war. Aber dieses Pochen in den Schläfen, diese Aufregung im Kopf, dieses Durchein-ander ihrer Gefühle, das Rasen der Gedanken.

Auch von der Angst hatten sie nichts gesagt! Von der Angst, nicht schön genug zu sein, zu versagen, nicht ge-liebt zu werden, zu verlieren.

Klopfen drang zu ihr. Klopfen des Stockschirms und die Hände der Frau gegenüber steckten noch immer unter den Achseln.

Ob ihr kalt war? Oder machte sie es sich nur bequem? Ob sie sie auch hatte, diese Angst? Ob sie es auch bestie-gen hatte, dieses Karussell, das sich drehte und drehte nur um einen einzigen Mann? Wusste sie von der Qual, nicht mehr herauszukommen aus dem Wahnsinn, verdammt dazu, atemlos zuzusehen, wie sich das Karussell schneller und schneller drehte?

Constanze holte tief Luft!

War er schuld? Schuld daran, dass sie hier saß? Würde sie hier sitzen, wäre alles anders gekommen, hätte er sie so geliebt wie sie ihn? Wäre sie dann gefangen hier unter all diesen Menschen, in einer stehenden U-Bahn? Würde sie dann auch all das ertragen müssen, die schwitzenden, ruhelosen Körper fremder Menschen, deren Gerüche, ihr Räuspern, ihre Geräusche, ihr Atmen? Würde sie sich wundern über Zeichnungen an Tunnelwänden, über Wildtiere, die Gegenstände auf ihren Rücken trugen?

Der Stock pochte, das Bein zitterte. Zwei Mädchen kicherten. Welcher Nationalität waren sie? Die bedeckten Haare, die dunklen Mäntel gaben keine Auskunft.

Die U-Bahn stand.

Zwanzig Jahre mit ihm, zwanzig ihrer Jahre, wertvolle Jahre, wie hatte sie das ausgehalten?

Sie war einem Egoisten verfallen.

Einem Narzissten.

Einem, der nur einen Menschen innig liebte: sich selbst.

Mit Hingabe hing er an seinem Spiegel, betrachtete voll Freude, was er sah.

Kein Haar durfte sich selbständig machen. Alles an ihm musste perfekt sein.

Das Haus verließ er nur in makellosem Styling.

Arroganz umgab ihn. Nichts an ihm sympathisch.

Seine Hemden bügelte er selbst. Mit Hingabe. Vorsichtig, auf jedes noch so kleine Fältchen achtend, akribisch.

Seine Schuhe durften keine Tragespuren zeigen. Niemals hätte er sich schmutzig gemacht.

Bei einem kleinen Spritzer Soße auf seinem Hemd rastete er aus. Meist hatte er Ersatz dabei.

Ironie ertrug er nicht. Witze duldete er nicht.

Humor ein Fremdwort für ihn.

Schnell fühlte er sich angegriffen.

Da war eine Abendveranstaltung im großen Stadtgarten.

Alles wunderschön dekoriert. Die Damen im langen Kleid. Die Herren im dunklen Anzug.

Für Rolf eine Herausforderung. Sie mussten das schönste Paar sein.

Constanze im roséfarbenen, hauchdünnen Kleid, er mit dem dazu passenden Hemd und Krawatte. Das Flanieren mit den Freunden. Eine Freude. Die Musik überall, das gute Essen.

Doch dann kam der Regen.

Ein Gewitter. Kein Schutz mehr möglich.

In Sekundenschnelle waren alle nass bis auf die Haut.

Die Frisuren zerstört, das Make-up zerlaufen.

Nie würde Constanze seinen Gesichtsausdruck vergessen. Als sie dastand, halbnackt, unter dem Hauch von Nichts, das in der Nässe an ihrem Körper klebte, und der Zauber der Eleganz zerstört war, als das Wasser aus seinem An-zug über die schwarzen, neuen Lackschuhe lief und seine Haare in klatschnassen Strähnen über die Schulter hingen.

Das Gelächter war groß.

Er lachte nicht.

Pia und Mario, Marianne und Konrad und Constanze, sie lachten und lachten.

Er lachte nicht.

Er hasste sie. Sie hatte ihn blamiert.

Man blamiert ihn nicht.

Man trägt kein Kleid, das bei Nässe durchsichtig wird.

Man wird nicht nass.

Man nimmt Rücksicht auf ihn.

Ja, er war schuld! Schuld an dem jetzt! Schuld daran, dass sie hier war, dort, wo sie nicht hingehörte, dort, wo die Menschen sich nicht ansahen und doch verstohlen blick-ten. Dort, wo keiner den anderen zuließ, wo jeder für sich in der großen Menge aushielt. Dort, wo alle ausdruckslos starrten. Dort, wo jeder unterging, wo Unnahbarkeit zur

Pflicht geriet, wo Nähe und Enge die größte Distanz bedeuteten.

Nie hatte sie sich schlechter gefühlt. Mehr alleingelassen als jetzt.

Die Not, hier sitzen zu müssen, manifestierte sich in ihrem Gehirn. Schmerzlich wurde ihr bewusst, dass das nicht nötig gewesen wäre, dass auch ein Taxifahrer nicht gefragt hätte, dass auch dort ihr Geheimnis gewahrt geblieben wäre.

Einsteigen, Ziel angeben, fahren, bezahlen! Mehr wäre es nicht gewesen.

Wie war sie nur auf die bescheuerte Idee gekommen, die U-Bahn zu nehmen?

Sicher, auch ein Taxifahrer hätte sie verstohlen gemustert, so wie es diese Menschen hier taten! Über den Rückspiegel. Mit den Augen. Augen, so glauben viele, können unbemerkt spionieren!

Doch das können sie nicht. Sie bewegen sich und die Augenlider, die sich darüberlegen, wenn sie sich schämen, verstecken sie nur einen kurzen Zeitraum.

Gerade im Taxi aber zeigt der Spiegel unmissverständlich die schamlose Tat.

Constanze hatte sich deshalb schon öfter auf den Beifahrersitz gesetzt. Doch auch dort fühlte sie sich nicht wohl, auch dort glaubte sie ihre Privatsphäre verletzt, spürte zu viel Nähe, die sie nicht wollte.

Die U-Bahn stand. Für Minuten nur.

Und das Leben der Menschen in diesen Minuten war ein gemeinsames. Erzwungen, unerwünscht, beklemmend.

15

Derweil tat auch Franz das, was er tun musste.

Es war sein Tag. Lange schon hatte er sich darauf gefreut.
Er achtete darauf, dass Heidelindes Ausgehtage in die Ferien fielen. Dann, wenn er auch Zeit genug hatte. Wenn niemand ihn störte, niemand nach ihm verlangte.

Ein ganzer Tag, von morgens bis abends.

Nicht so wie sonst. Nicht in der Eile der wenigen Minuten, unter dem drohenden Zeiger der Uhr. Ohne die Hetze der knapp bemessenen Zeit. Ohne den Schweiß an seinen Händen, unter den Achseln, auf seiner Stirn.

Nicht mit der Scham, die ihn befiel, wenn er auf dem Rücksitz des Autos lag.

Zugedeckt mit einer Decke, dass man ihn nicht sehen konnte.

Da war er ganz unten angekommen, wenn Monika ihn nach Hause fuhr, wenn ihr Mann unterwegs und ihr Haus frei war.

Es war dreist, es war frech, vor allem aber war es unwürdig.

Das wilde Treiben im Bett des Anderen verdrängte er.

Keine Scham, wenn er in diesen Kissen lag. Nur Zynismus, Schadenfreude.

Wie dumm für ihn, für diesen Ehemann.

Wie gut für ihn.

Er tat es schon lange. Es begann mit dem Flüchtigen des Augenblicks, mit dem kurzen Genuss, mit der Sünde, die für ihn schon lange keine mehr war.

Ein Spaß nur, Minuten, von denen eh keiner wusste. Eine kleine Freude, die er sich gönnen konnte.

Anfangs ohnehin nur selten. Nach Weihnachtsfeiern, Kollegentreffen, Feierabenden mit den Ruderern, dem Gesangverein. Wer hätte ihn deswegen belangen sollen?

Monika war ohnehin ein Flittchen. Ein Flittchen, wie alle, die es mit verheirateten Männern trieben, noch dazu, wenn sie selbst verheiratet waren.

Monika hatte die Brüste, die er bei Heidelinde so schmerzlich vermisste. Längst hatte er öfter hineingegriffen. Zwischen die Brüste, versenkte sein Gesicht dort, wo es warm war, das Herz klopfte, wo sich die Haut zart anfühlte. Mit Heidelinde war das nicht mehr schön. Das gab ihm doch das Recht dazu!

Die Lust hatte sie schon lange verlassen. Sie ließ es über sich ergehen. Allenfalls.

Irgendwann hatte sie sogar das Stöhnen weggelassen, starrte zur Decke und ließ ihn fühlen, dass er Unrecht tat.

Monika aber, das war sinnlich, das war Lust, das war reine Freude. Wer konnte schon ohne Freude leben?

Seit jenem ersten Mal, als er sie im Stehen genommen hatte, schnell, mit der Hast des Verbotenen, war er ihr verfallen. Es war in seinem Kopf, die kleine Gasse, die einige dunkle Ecken bot, in die kein Licht drang. Die Erinnerung erregte ihn, wenn er daran dachte, wie er sich dort an der Hauswand gegen sie gepresst hatte. Er hatte sie nur leicht angehoben und spürte das, was Heidelinde fehlte, feuchte, gierige Lust. Dieses erste Mal, es ließ ihn nicht mehr los.

Man hätte ihnen die Erregung ansehen können. Ihre roten Wangen, die leuchtenden Augen, die wirren Haare. Doch wer achtete schon darauf an jenen Abenden, an denen alle wild über die Stränge schlugen?

Von da an taten sie es öfter. Immer an der Hauswand, immer im Schutz des Dunklen und doch schutzlos ausgeliefert in den Sekunden der Ekstase, entdeckt zu werden und nicht fliehen zu können. Dann wäre es vorbei gewesen mit seinem Ansehen als ehrenwerter Schuldirektor, mit seinem blütenweißen Image und seinem makellosen Leben.

Doch die Gier verstärkte sich.

Die Brüste. Er musste sie haben, wieder und wieder.

Und eines Tages fand er sich unter einer Decke wieder. Verbogen, gequetscht, zugedeckt, doch mit der Aussicht auf ein reines Liebesvergnügen.

Sie hatten sich am Waldrand getroffen, außerhalb des Ortes, unweit des großen Kreuzes, dort, wo er hinter einigen Büschen sein Auto stehen lassen konnte.

Dann war alles ganz schnell gegangen. Umstieg in ihr Auto, nach hinten auf die Rückbank und dann die Decke drüber. Die Fahrt zu ihr unbequem, doch voller Vorfreude und die Brüste, die Brüste im Kopf.

Vorbei am Haus der Schwiegermutter, hinein in die Garage und der Nervenkitzel unentdeckt zu bleiben.

Vielleicht war es das? Vielleicht brauchte er genau das? Nervenkitzel.

Im Haus der Geliebten, im Bett des Ehemannes, in dessen Badewanne, auf seinem Küchentisch, und das alles neben dem Haus der Schwiegermutter?

Der Gehörnte verdiente derweil sein Geld als Vertreter, die Gehörnte schnitt daheim den Buchs im Vorgarten.

War es das, was seine Gier antrieb? Fand er die Befriedigung im Verbotenen, in der Aufregung des Unglaublichen, im herrlichen, gewaltigen, schnellen Sex?

Monika und ihr Wonnekörper, die Rundungen, die er sonst nicht hatte, ihre leisen Schreie auf dem Höhepunkt und das Verlangen, das sich schon wieder einstellte, wenn er auf dem Rücksitz versteckt zurück in sein biederes Leben fuhr.

Heidelinde – Buchs. Monika – Sex. Franz – Glück.

Jetzt aber, wenn Heidelinde sicher länger weg war, hatte er Zeit für die Lust, für seine Gier. Voll und ganz.

Es gab ja nicht viele dieser Tage. Nur ein oder zwei jedes Jahr! Sie bedurften der sorgfältigen Planung, der Unaufgeregtheit, der Schweigsamkeit.

Das Wenige zum ganz Großen bringen, das war die Kunst. Franz konnte das. Er zelebrierte es, wie alles in seinem Leben.

Dieser Tag, ohne die Hast, ohne die Sorge, ohne die Eile. Ein Tag voller Freude, voller Lust.

Er besetzte die Rollen neu.

Jetzt war nicht er der Gejagte, nicht er, der im Geheimen transportiert wurde.

Jetzt kam sie auf den Rücksitz unter die Decke.

Dann nickte er den Nachbarn zu, die am Zaun einen Plausch hielten. Lächelte hämisch hinüber zu Frau Renke, die gerade ihren Wagen parkte, und fuhr seine Fracht zu sich nach Hause.

Er ahnte nicht, dass Heidelinde es längst wusste, dass sie ihm gefolgt war, dass sie sein Geheimnis kannte. Er ahnte nicht, dass sie sich so sehr schämte.

Für sich und für ihn.

Für sich, weil sie ihm gefolgt war.

Für sich, weil sie auf dem Parkplatz im Wald ihren Mann beobachtete.

Für sich, weil sie ihn so sehr hasste für das, was er da tat.

Für ihn, weil er sich so erniedrigte, weil er in dieses Auto stieg, ganz nach unten kroch, sich wie ein Verbrecher bedeckte, weil er sich zum Trottel machte.

Für ihn, weil seine Gier so unermesslich schien.

Für ihn, weil er sich degradierte.

16

Heidelinde dachte in der U-Bahn an ihre Urlaube.

Kein Urlaub zum Entspannen, zum Faulenzen, zum In-der-Sonne-Liegen.

Nur Aktion. Nur Stress. Skifahren, Skifahren und immer wieder Skifahren.

Sie tat es gern. Nur nicht so wie er. Für sie war es Freude, Ausgleich, Abschalten, Erholung, Freizeit, Entspannung.

Für ihn war es Wettbewerb. So wie alles in seinem Leben. Sein Ehrgeiz fraß ihn auf.

„Heidelinde, stell dich gerade hin!", brüllte er dann.

„Du müsstest mal sehen, wie du aussiehst! Es ist eine Schande! Warum strengst du dich nicht an? Kannst du nicht einmal versuchen, etwas gut zu machen?"

Franz stand ein Stück unter ihr, gestikulierte wild mit den Armen und hörte nicht auf zu schreien.

„Na los, fahr schon! Stell dich nicht so an! Mein Gott, du wirst doch noch da herunterkommen?"

„Ich habe Angst!", wimmerte sie dann leise.

„Verdammt! Ich kann es nicht!"

Darauf ging er nicht ein.

„Los jetzt! Du kannst da nicht ewig stehen! Gott sei Dank sieht uns niemand! Wie bescheuert bist du eigentlich? Mit dir kann man sich nur blamieren!"

Dann drehte er sich um und wedelte davon. Heidelinde stand wieder einmal in einem viel zu steilen Hang, zwischen weißen Buckeln, auf glänzendem Eis. Niemals wäre sie dort hineingefahren. Eine schwarze Piste, zu wenig Schnee, schwierig, gefährlich und vor allem schwindelerregend.

Er kannte ihre Angst vor großer Höhe. Er wusste, wie schlecht es ihr ging in solchen Höhenlagen, dass sich alles um sie drehte, ihre Knie zitterten, das Herz raste, dass die Angst sie hemmte. Es interessierte ihn nicht.

Skifahren war seine zweite Leidenschaft. Was ihm gefiel, hatte ihr auch zu gefallen.

Er verlangte. Sie folgte. Schaffte sie es nicht, ließ er sie stehen.

An jenem wunderschönen Sonnentag Anfang November führte ein anderer Mann sie langsam und bedacht hinunter zur Talstation.

„Kommen Sie!", sagte er sanft. „Ich fahre vor und kratze mit meinen Skiern ein wenig vom Eis ab. Dann folgen Sie mir und bleiben genau auf der kleinen Menge Schnee stehen. Bei mir. Ich bin ja da. Sie können nicht hinunterstürzen. Nur Mut!"

Er brauchte eine halbe Stunde. Dann hatte er sie unten, klopfte ihr auf die Schultern und verabschiedete sich freundlich. Am liebsten wäre sie mit ihm mitgefahren.

So war ihr Urlaub. Die wenigen Tage, die sie verreisten, verbrachten sie im Schnee. Bei Wind und Wetter. Keine Pause. Keine Sonnenliege.

Schließlich war der Skipass bezahlt. Es galt, ihn auszunutzen.

Heidelinde fuhr ganz gut. Ihr Vater hatte es ihr beigebracht. Da war sie sechs Jahre alt.

Ausstemmen, Tal-Ski belasten, Bein heranziehen, fertig.

Schon bald fuhr sie ihm davon. Mit Freude, mit Spaß, mit Leidenschaft.

Bei Franz wurde es Zwang, Verbissenheit, Hass.

Schon lange war die Freude Vergangenheit, die Freude, lange Pisten hinabzuwedeln, ohne Hast, ohne Eifer, ohne den Ehrgeiz, stets eine gute Figur zu machen.

Wie gerne wäre sie in den Süden gereist. So wie früher mit den Eltern. Ans Meer, an die Adria, in die Toskana oder nach Mallorca, nach Ibiza oder auf die Kanarischen Inseln.

Was sollte er da? In der Sonne liegen?

„Reine Zeitverschwendung!", meinte er nur und buchte eine Pension in den Alpen.

In diesem Jahr würde er noch zwei schwarze Pisten mehr auf der Liste derer haben, die er schon bezwungen hatte.

Was für ein Mann! Was für ein Held!

Schon lange hatte Heidelinde es aufgegeben, seine Urlaubsplanung zu beeinflussen.

Nur warum er nicht alleine loszog, das verstand sie nicht.

Sie hatte dabei zu sein, musste stets eine gute Figur machen. Er definierte sich über sie.

Fuhr sie schlecht, war er schlecht. Fuhr sie gut, war er gut. Seine Frau, sein Werk. Seine Frau! Sein Besitz! Seine Frau, sein Spiegelbild.

Aber jetzt, jetzt war es ausgestanden.

Jetzt war es vorbei.

Die U-Bahn und die schöne Frau, die sie so sehr bewunderte, sagten es ihr:

Sie würde nie mehr mit ihm skifahren. Sie würde sich nie mehr seinen Wünschen beugen!

Franz lag derweil in ihrem Bett. Ungeniert.

Ahnte sie es? Konnte Heidelinde sich vorstellen, dass er es wieder wagte, während draußen die Betonwand den

Stillstand dokumentierte? Während all die Menschen hier darauf warteten, dass es endlich weiterging?

Dass er nicht einmal den Takt wahrte, ihr gemeinsames Bett, ihr Zuhause unberührt zu lassen? War Franz so unverfroren?

Monika war aus dem Auto gekrochen. Unter seinen spöttischen, verachtenden Blicken.

Nun war sie ganz unten, dort, wo er sonst war.

Sie hatten teuren Champagner getrunken.

Nicht den billigen Sekt für 3 Euro 50 aus dem Supermarkt, den er stets großzügig mit den Rosen für Heidelindes Jahrestage bereithielt.

Dann verlor er keine Zeit. Es ging nicht um sie, um die Frau. Ihr brachte er Verachtung entgegen. Nur eines der billigen Flittchen, das sich für nichts zu schade war.

Eine, die man nehmen kann, benutzen und weglegen.

Hier ging es um sein Ego, um seine Befriedigung.

Die Rechtfertigung gab ihm Heidelinde selbst, ihre Lustlosigkeit, ihr deprimierendes Aussehen, ihre Unterwäsche, alles ... und doch, eine seltsame Eifersucht überfiel ihn, sobald sie sich zu weit von ihm entfernte oder, schlimmer noch, sich irgendjemand für sie interessierte.

Ihre Ausflüge in die Stadt schienen ihm nicht gefährlich. Ohne ihn war sie nicht lebensfähig. Sie war zu unbeholfen, zu einfältig in allen Dingen.

Was sollte da passieren? Wer könnte sich ihr nähern? Sie würde zu tun haben, mit all dem Treiben und der Geschäftigkeit klarzukommen. Es war ihm entfallen, dass sie Abitur hatte, dass sie ein Studium absolviert hatte und Gymnasiallehrerin geworden war. Er bemerkte sie nicht mehr, die Intelligenz seiner Frau.

Er hatte verdrängt, dass sie für ihn verzichtet hatte. Für ihn und für die Kinder. Verzichtet, ohne zu klagen.

Er hatte erwartet, dass sie das tat. Er befand es für gut, für nicht der Rede wert, und so konnte er ab und an großzügig sein und ihr diesen albernen Ausflug gönnen, brachte er doch ihm auch einen lustvollen Tag ein.

Er grunzte zufrieden ... fühlte sich stark und selbstsicher wie ein König, mit den Brüsten in den Händen und der Frau, die auf ihm saß und ihm schreiend und stöhnend gegeben hatte, was Heidelinde ihm seit Jahren verweigerte.

Und die U-Bahn stand. Und aus den Sekunden wurden Minuten und daraus die kleine Ewigkeit des Wartens. Diese Ewigkeit --- für alle.

Und es war still. Die Stille der Ängste, der Sorgen, der Nöte.

Nur ab und an ein Raunen, ein Räuspern, ein Wort.

Was, wenn!?

Was wäre, wenn der Zug nicht weiterführe?

Was, wenn es brennen würde?

Was, wenn Panik ausbräche?

Was, wenn das hier zu lange andauern würde?

Die Köpfe voller Gedanken. Lautlos. Versteckt.

Jeder mit sich selbst beschäftigt.

Immer mehr Nervosität in den Körpern.

Der Stock, noch immer in der Hand. Die Hand, die ihn auf und ab hob. Das Pochen.

Ein paar Augen, die den Stock fixierten. Böse. Unruhig.

„Hör auf!", sagten die Augen.

Die Mineralwasserflasche in der Hand des Jungen. Der Mund, der den Verschluss zerkaute, dann den Flaschenhals anknabberte, schließlich der Hemdsärmel, der ihm Mund und Nase abwischte, immer wieder.

Ekelig. Unwürdig.

Der Dunkelhäutige, erst zugestiegen, mit dem Ohrring. Er zupfte sich unablässig den kurzen Bart. Atmete tief ein, schnaubte ein wenig beim Ausatmen, spielte mit der anderen Hand mit dem Smartphone.

Die Stöpsel in den Ohren. So viele Ohren mit Stöpseln.

Das Parfum, so süß, so hell, das aufdringlich durch die stickige Luft drängte.

Die Gerüche der Körper, die sich dazugesellten.

Eine üble Mischung, kein Ausweichen möglich.

Das Handy, das klingelte … „Hallo hallo …!" Kein Empfang, Verbindung weg!

„Die jungen Leute heute!", dachte Heidelinde. „Sie sind so anders, als wir es waren."

Früher gab es nicht viel. Da war man auf Gemeinschaft angewiesen.

Man traf sich im Gemeindehaus und dabei blieb es für immer.

Hinter der großen Glastür nach links. Den Gang ganz nach hinten. Ein großer Raum, eher ein Saal.

Für die, die singen konnten. Fast eine Pflicht!

Männer, Frauen, Jugendliche.

Tenor, Bass, Sopran, Alt.

Heidelinde sang Sopran. Jede Woche Dienstag, 20 Uhr!

Der Dirigent mit dem Taktstock. Einsingen! Mi mi mi … la la la … Mi mi mi …

Do, re, mi, fa, sol …

„Meine Damen und Herren! Ich darf Sie bitten?"

Er klopfte immer mit dem Stock auf den Rand seines Stehpultes. Dann eine verzweifelte Wiederholung, eine tiefere Stimme: „Meine Damen …!"

Ein kurzes Räuspern.

„Heute das Wolgalied!"

Rutschen der Stühle. Eine Handbewegung! Für den Tenor! Solopartie.

„Allein!" Stimmgewaltig!

„Wieder allein!" Er verausgabte sich! Der Kollege von Franz. Ganz bei der Sache. Die Dauerwellen frisch gestylt.

Voller Inbrunst donnerte er das „Allein". Sein Gesicht vor Anstrengung verzerrt. Der Mund weit offen. Der Oberkörper bewegte sich, der Brustkorb spannte.

Irgendwann dann Entspannung.

„Hast du dort oben vergessen auf mich?" Die sanften Stimmen der Frauen.

Dann, wenn der gesamte Chor einsetzte, wenn die Melancholie dieses Liedes den Raum erfüllte, wenn die Hände des Dirigenten in sanften Bewegungen hin- und herschwenkten, so als trügen sie jeden einzelnen Ton von der einen Seite auf die andere, dann fühlte Heidelinde Glück.

„Hast du dort oben vergessen auf mich?"

Wie oft hatte sie das später gedacht, ja sogar in sich hineingeschrien!

Aber dort im Gemeindehaus, in der Gemeinschaft, in der Fülle der Stimmen, dort wirkte es sanft.

Auch das „Ave Maria", gesungen von den Frauen zu Hochzeiten, auf der Empore der Kirche, hatte diesen gewaltigen Einfluss auf sie, oder das „So nimm denn meine Hände und führe mich" am Ende der Zeremonie.

All diese Lieder stürzten sie in den Abgrund, rissen alte Wunden auf und sorgten dafür, dass auch die neuen niemals heilen konnten.

„... bis an mein selig Ende und ewiglich!"

Heidelinde, eine Meisterin im Verdrängen. Noch nie hatte sie sich wohlgefühlt im Gesangverein, dem anzugehören als Gattin des Schulrektors unabdinglich war.

Wie hätte das denn ausgesehen, hätte sie sich verweigert? Nicht auszudenken! Was würden nur die Leute reden? Die größte Sorge, die Franz Tag und Nacht belastete.

Also traf sie sich mit allen jeden Dienstag. Mit der Dauerwelle Gregor, seinen grauen Rollkragenpullovern im Winter oder seinen schwarzen Rundhalsshirts im Sommer, mit Gisela, der Nachbarin, mit ihrem Lächeln im Gesicht und Neid und Hass in den Augen, mit Bärbel, der Apothekerfrau, die ständig alles über jeden wusste, mit Peter, dem Metzger, der genauso unfreundlich wie in seinem Laden den Bass brummte, mit Betty aus der Kirchhofgasse, die immer nach Stall roch, mit Eva, die acht Kinder hatte, mit Raimund, der ohne Bier nicht sein konnte, und all den anderen, von denen jeder etwas zu verbergen hatte und keiner dem anderen über den Weg traute.

Dann der Strickkreis. Neun Frauen strickten für den guten Zweck. Socken, Schals und Baby-Jäckchen. Alle zwei Wochen am Mittwoch. Spätestens nach diesem Abend gab es im Dorf keine Geheimnisse mehr.

Auch jede zweite Woche der Gartenbauverein mit mindestens einer Großveranstaltung im Jahr. Wer hat den schönsten Garten, die schönste mit Blumen verzauberte Hausansicht?

Dazu noch der Tennisverein. Das Statussymbol. Jede Woche Freitag im Doppel mit Gregor und Sabine.

Nur ein einziges Ziel im Kopf. Wer ist besser, wer ist schneller?

Das war Heidelindes Leben.

Ausgefüllt. Aufgefüllt. Leer. Trostlos.

Eingebettet in das Reden um das Reden, hinter vorgehaltener Hand, mit vielen Worten von geringer Bedeutung.

Wenn das Zittern von Gardinen die ständige Beobachtung preisgab und das wissende Lächeln Häme statt Freundlichkeit meinte.

Nur Conny, ihrer allerbesten Freundin, mit der sie vieles verband, gelang es gelegentlich sie aufzumuntern. Doch auch sie war selten da. Wie auch! Franz hasste sie. Er hasste ihre kritischen Blicke, er hasste ihre Fragen.

Conny, eine Gefahr für ihn, hätte sie doch mehr sehen können als seine Glatze, seinen wabbeligen Bauch und seine unförmige Figur.

Hier in der U-Bahn war Heidelinde mit ihren Gedanken allein und immer wieder schlich sich Heinrich ein.

Heinrich!

Durfte sie das? Zweifel krochen in ihr hoch.

Sich schamlose Gedanken machen?

Sich eine Nacht mit Heinrich vorstellen? War es erlaubt an diese Liebe zu denken?

An die Liebe in dem zerwühlten Bett?

Daran, dass sich die Erschöpfung über sie legte, wenn sie sich lange geliebt hatten?

Wie sich sein feuchter, erhitzter Körper anfühlte?

Nah an ihr.

Schulter über der Schulter, ihr Rücken an seinem Bauch.

Seine Hand an ihrer Brust.

Ineinander verschlungen nach der Atemlosigkeit.

Sein Atem in ihrem Nacken.

Wie ein sanfter Windhauch.

Verloren in der Zeit füreinander.

Wer hatte sie angehalten, diese Zeit?

Konnten das die Menschen hier auch, sich fallen lassen?

Sich ausliefern, sich aufgeben für den Moment der Ekstase, um unterzugehen in der Wildheit des Anderen?

Konnten sie das?

War es erlaubt, sich zu wünschen, dass es wiederkehrte?

Noch einmal mit Heinrich!

Noch einmal allem entfliehen!

Noch einmal Lust und Liebe spüren!

Noch einmal glücklich sein!

17

Da war sie wieder, die Angst. Die Angst davor, dass die Geschichte zweier Liebender aus dem Dorf ihrer Mutter auch sie einholen könnte, dass das Schicksal derart grausam auch mit ihr verfahren würde, mit ihr und mit Heinrich.
Die zwei aus dem Dorf, sie liebten sich. So innig, so tief, für immer.
Hanna und Hans.
Es liebten sich die Kinder, die ihre von Schmutz verschmierten Händchen im Sandkasten ineinanderschoben.
Es liebten sich die Schüler, die sich verstohlen anblickten, wenn niemand die glücklichen Augen sah.
Es liebten sich die Jugendlichen, wenn eine Möglichkeit war für Minuten des Glücks.
Wenn sie sich auf dem Feld trafen, sich im Wald berührten, schüchtern, ängstlich, voller Scham. Wenn sie sich küssten, nur für einen Augenblick, mit scheuen Lippen, kaum der Weichheit der anderen gewahr werdend.
Wenn die Berührung sie erzittern ließ, wenn die Sehnsucht sie nicht mehr schlafen ließ.
Doch sie durften sich nicht lieben.
Niemand wollte das.
Erbarmungslos stellte sich das Dorf gegen sie.
Eine Liebe, die nicht sein durfte. Nicht in diesem Ort.
Nicht zwischen diesen Familien, im Streit seit eh und je.
Die Bauern gegen die Handwerker.
Die Katholiken gegen die Protestanten.
Ein Hass seit hundert Jahren schon.
Prügel für die, die sich zu nahe wagten.

Hans kam vom Krieg zurück. Ausgelaugt, elend und kaputt, und seine Hanna hatte gebetet und ihre Briefe mit Wünschen an Gott an ihren Hans geschickt.

Er wusste, dass sie ihn gerettet hatte, dass sie ihren Schutzengel geschickt hatte, ihn zu bewahren, ihn sicher nach Hause zu geleiten.

Doch das Dorf war gegen sie. Das Dorf war gegen ihre Liebe. Nur Streit und Zank, nur Hass und Wut.

Und als Hans am Boden lag, als der gute, liebe Hans, der den Krieg überlebt hatte, geschlagen und gepeinigt von ihren Brüdern in seinem Blut röchelte, als der Schmerz um die Schmerzen ihrer Liebe zu groß geworden war, als die Angst um sein Leben sie auffraß, da wusste Hanna: Es darf nicht sein.

Es war ein Sonntag, als sie sich trennten.

So ein Sonntag, der viel verspricht, im Mai, mit den Blüten, dem satten Grün der Wiesen, dem Vogelgezwitscher und dem Summen der Bienen.

Sie versprachen sich Liebe für immer, im Wald unter der Eiche, ritzten das Herz mit den beiden H in den Stamm, hielten sich an den Händen ganz fest und ließen noch einmal die Berührung der Lippen und die Zärtlichkeit der Hände zu.

Nur den Schmerz nahmen sie mit in ihr neues Leben.

Es war wieder ein Sonntag, der sie zusammenbrachte, so viele Jahre später.

Wieder ein Sonntag im Mai, wieder ein prachtvoller Tag.

Und als der Tag sich dem Ende neigte, lagen sie friedlich nebeneinander.

Vereint an einem Ort, der sie nicht hätte vereinen sollen.

Ein düsterer Ort. Kein Ort für die Liebenden.

Man hatte sie aufgebahrt, nebeneinander.

In der kleinen Leichenhalle des Friedhofes am Ortsrand.

Das Letzte und Einzige, was sie tun konnten, erschüttert und beschämt vom Unrecht, das sie den beiden angetan hatten.

Nach fast vierzig Jahren, die sie mit anderen Partnern verheiratet gelebt hatten, Hans mit zwei Söhnen, Hanna mit einer Tochter, fanden sie sich vereint auf dem Totenbett wieder.

Ein Herzinfarkt hatte Hanna am frühen Morgen geholt. Sie war nicht mehr aufgewacht, hatte die Vögel nicht mehr zwitschern gehört, die Sonne nicht mehr gesehen und sich nicht mehr verabschieden können. Hans folgte ihr am Abend, denn auch sein Herz wollte ohne Hanna nicht mehr schlagen.

Und als am nächsten Tag ein schlimmes Gewitter den Morgen ankündigte, blickten sie alle in Richtung Leichenhalle, beschämt, erschüttert, entsetzt, still.

Heidelinde atmete tief durch.

„Ach Heinrich!", dachte sie. „Ach Heinrich, wie ich dich vermisse!"

18

Constanze fiel auf, dass Heidelinde nicht mehr fröhlich war.

War der Tunnel schuld? War die Tatsache, dass die U-Bahn einen ungeplanten Halt eingelegt hatte, der Auslöser? Hatte sie Platzangst, diese Frau, so wie sie selbst?

Diese unerklärliche Panik, die sich breitmachte, wenn es zu eng wurde, wenn kein Ausweg ersichtlich war, wenn die schlimme Situation zu lange dauerte. Wenn man spürte, wie sich kleine Schweißperlen unter den Achseln sammelten, allmählich auch zwischen den Brüsten, dann auf der Stirn, wenn der Atem heftiger wurde, der ganze Körper unruhiger.

Oder waren die vielen Menschen der Auslöser für diesen traurigen Gesichtsausdruck?

Oder ging es ihr wie ihr selbst? Hing sie ihren Gedanken nach, bitteren, traurigen Gedanken?

Hatte sie auch etwas zu verbergen, so wie sie? Durfte vielleicht niemand wissen, dass sie hier war? Würde sie einen Liebhaber treffen?

Nein, nein, diesen Gedanken verwarf sie wieder. Nein, so sah sie nicht aus.

Ob diese Frau überhaupt jemals einen Geliebten gehabt hatte, haben würde?

Konnte man das einschätzen?

Nein, sie konnte das nicht.

Woran würde man das erkennen? An Nervosität? An Aufgeregtheit?

Constanze war anders groß geworden als Heidelinde. Sie kannte keinen Gesangverein. Die Eltern Unternehmer, da blieb kaum Zeit für sie und ihre Schwester.

Ein Hausmädchen putzte und kochte. Die Wohnung in der Oberlindau, direkt am Rothschildpark, ganz nah an der Alten Oper, an der Fressgass, Goethestraße, Hauptwache und der Zeil.

Sie hatte eine andere Ablenkung, hatte ein größeres Angebot.

Sie mochte den Palmengarten. Die exotischen Gewächse, die Pflanzenvielfalt, die Ruhe.

Frankreich, Italien und Spanien kannte sie schon als kleines Kind. Das Reisen war und blieb ihr wichtig. Stets war da eine Lebensplanung, ein Wohin und ein Woher. Kein Rätselraten, sondern Abgeklärtheit.

Ihre Mutter starb zu früh. Sie hatte ihn nicht genießen können, den Lebensabend. Der Krebs riss sie fort aus ihrem hektischen Leben. Schon Anfang sechzig hatte sie gehen müssen.

Jetzt in der U-Bahn spürte Constanze nur Einsamkeit. Sie hätte so sehr einen Rat gebraucht, eine Hilfe, eine Stütze.

Machte sie einen Fehler? Einen riesengroßen Fehler?

Hätte ihr ihre Mutter helfen können? Hätte sie ihr helfen wollen? Hätte sie Hilfe gewollt?

Schmerzlich die Erinnerung an ihre Erzählungen. Damals hatte sie nicht begriffen.

Die Tragweite, das Erlebte!

Erst jetzt glaubte sie zu verstehen!

Ausgerechnet jetzt in der U-Bahn dachte sie an jene Geschichte.

Sie war schockiert gewesen, hatte sich die Verzweiflung kaum vorstellen können.

„Stellen Sie sich nicht so an! Das muss man aushalten! Da müssen Sie hindurch! Es gibt keinen anderen Weg!" Das hatte die Frau mit dem weißen Schleier auf dem Kopf zu ihrer Mutter gesagt. Hart und unerbittlich.

Die Frau dort, die mit dem harten Gesichtsausdruck im hinteren Stehperron, die konnte sie sich mit so einem Schwesternschleier vorstellen. Ihr Haar war genauso straff zurückgekämmt, dass es auch ohne Mühe unter einen solchen gepasst hätte. Ein Handgriff nur und er wäre darübergestülpt.

Was für groteske Gedanken!

Wahrscheinlich würde dieser Schleier ihr Gesicht noch mehr erhärten.

Aber auch so, auch so genügte es.

Sie war eine jener Frauen, die in ein Schema passten. Eine runde Gesichtsform, eine kleine, dicke Nase, helle Augenbrauen, graue Augen, aschblonde, strähnige Haare – der Grund, warum sie sie zusammenband –, ein unbeteiligter, gelangweilter Ausdruck, so wie viele hier.

Ein Typ, den man schnell wieder vergessen hätte, der den längeren Blick nicht verdient hatte, der dem auch nicht standhielt.

In der Sekunde, als Constanzes Augen auf das Grau der anderen Augen traf, rutschte die Pupille weg, unmerklich, nicht mit dem ganzen Ruck des Gesichtes, nur mit einem Millimeter. Sie wollte diese Nähe nicht, nicht die Sekunde, in der die Augen aufeinandertrafen, um für den kurzen Moment das Gehirn zu veranlassen, Befehle an die Mimik weiterzuleiten. Das hätte Bewegung bedeutet in dem starren Gesicht, Freigabe von Gefühlen gar, einen raschen Einblick hinter die Kulissen, Unsicherheit!

Für Constanze trug diese Frau nun diesen Schleier. Nicht lang, nur kurz, knapp über die Schulter, und das Gesicht, das Gesicht war jetzt eingeengt durch die harten Schalenteile der Schwesterntracht, die so angelegt waren, dass niemals ein Haar darunter hätte hervorlugen können. Constanze hatte in Gedanken die schwarze Strickjacke und die weiße Bluse der Frau gegen eine Ordensschwesterntracht der damaligen Zeit ausgetauscht.

Ganz in Weiß, mit einem knöchellangen Rock und einer ebenso weißen, gestärkten Schürze darüber. Die Hand, die die gelbe Haltestange umklammerte, hielt sich nun am Rand des Bettes fest.

Und mit immer noch unbeweglichem, starrem Gesichtsausdruck sagte jetzt diese Frau: „Das muss man aushalten!"

Und erst jetzt, hier in der U-Bahn wurde Constanze die Tragweite jener Situation klar, in der sich ihre Mutter befunden hatte, die Grausamkeit und die damit verbundene Angst.

„Ja, ich weiß!", hatte sie geflüstert. „Wann kann ich denn nach Hause?"

„Das entscheidet der Professor!", die kühle Antwort.

„Ich habe Kinder!"

„Sie haben Kinder?" Die Augenbrauen zogen sich nach oben.

„Ja, zwei!"

„Zwei?" Die Miene der Schwester hellte sich auf.

Ansonsten blieb sie kühl, abweisend.

Constanze war 28 Jahre alt gewesen, bei diesem Gespräch mit ihrer Mutter.

Es war in ihrem letzten Jahr gewesen, in dem Jahr, das ihr noch blieb, das ihr die Ärzte gelassen hatten.

„Ein paar Monate noch, vielleicht ein Jahr!", hatten sie gesagt, mit Mitleid, aber ohne Hoffnung in den Augen.

Sie hatte es angenommen und an jenem Tag wollte sie ihrer Tochter ein großes Geheimnis preisgeben, das nur sie und ein Arzt gekannt hatten. Ein Geheimnis, mit dem sie so lange gelebt hatte. Wie sehr es sie belastet hatte, wusste Constanze nicht.

Sie waren hinausgefahren aufs Land, zu einem Gasthof mit großen Bäumen im Garten und knorrigen Holzbänken.

Es sei so ein „Letztes-Mal-Gefühl in ihr", hatte sie gesagt. Ihre Hand lag auf Constanzes Hand.

Doch diese warme, weiche Hand sagte nichts von einem letzten Mal. Sie fühlte sich gut an, sie gab Geborgenheit, sie schenkte Liebe.

Es fiel ihr schwer zu sprechen.

Die Zeit, die ihr noch bliebe, müsse sie nutzen, um ihr von den Dingen zu erzählen, die ihr geschehen waren. Vielleicht könnten sie helfen, diese Geschichten, vielleicht könnten sie eines Tages ihr, Constanze, helfen.

Nur knapp zwei Jahre nach Constanzes Geburt waren erneut ihre Blutungen ausgeblieben.

Sie ahnte sofort, was geschehen war, fühlte die Veränderung, spürte, dass neues Leben in ihr war. Aber sie schwieg.

Sie ging in die Klinik, dahin, wo sie niemand kannte.

„Bitte!", sagte sie dort dem Arzt. „Bitte, ich habe schon zwei Kinder! Die letzte Geburt hat mich fast das Leben gekostet. Bitte!"

Der Arzt hatte genickt, untersucht und nachdenklich die Augenbrauen hochgezogen. Dann hatte er seinen Rezeptblock gezückt, notierte den Namen eines Medikamentes, versah es mit Datum und Unterschrift, hielt es ihr hin und sagte mit freundlichem Blick:

„Jeden Tag eine, damit es hält! Kommen Sie bald wieder!"

„Damit es hält!", hämmerte es in ihrem Kopf.

„Damit es hält!"

Was hatte er gemeint? Hatte er sie verstanden? Was sollte sie tun?

Noch wusste niemand etwas, nicht einmal ihr Mann.

Noch war es sehr früh. Noch konnte sie handeln.

Sie tat es, sie handelte. Schon am nächsten Tag nahm sie alle Tabletten auf einmal.

Was dann kam, war die Hölle. Ihr war übel, der Magen krampfte und die Blutungen, die einsetzten, brachten sie an den Rand der Bewusstlosigkeit.

Als es vorbei war, war sie leer.

Verantwortungslos sei sie gewesen, sagte man ihr. Verantwortungslos und das Kind sei tot.

Sie habe es umgebracht und auch mit ihrem Leben gespielt.

Nie, nie mehr verlor sie die Schuld. Immer hatte sie das Kind vor Augen. Das Kind, das sie nicht hatte leben lassen.

Es hatte keine Chance gehabt, dieses Kind. Es war gar nicht gefragt worden.

Constanze starrte an die Decke.

Der gelbe Ring mit den blauen Halteschlaufen. Sechs Stück.

Jetzt waren sie leer. Niemand hielt sie fest.

Überall die gelben Haltestangen.

Wie viele Hände hatten schon danach gegriffen?

Bewusst, als Absicherung, um nicht den Halt zu verlieren, wenn die U-Bahn in die Kurve ging.

Unbewusst oder erschrocken über plötzliche Bewegungen, starkes Bremsen, schnelles Anfahren.

Oft Reflexe, Hände, die nur Halt suchten. Hände, die nichts miteinander zu tun hatten.

Wie viele Menschen hatten hier schon gesessen, gestanden, nach den Schlaufen gegriffen?

Menschen auf dem Weg zur Arbeit, auf dem Weg nach Hause, Menschen mit und ohne konkretes Ziel, Kinder auf dem Schulweg, Menschen mit Sorgen, kranke Menschen, glückliche und traurige Menschen, Menschen verschiedener Nationen und schließlich Menschen wie sie, voller Angst und Unsicherheit?

Was hätten ihr diese Wagen wohl zu erzählen?

Von welchen Händen wüssten die Schlaufen und die Stangen zu berichten?

Wer hatte schon die Notbremse dort an der Türe gezogen? Wer den Personalruf gedrückt?

„Ach Mutter!", dachte sie jetzt. „Wer zieht meine Notbremse?"

Und für einen Augenblick wünschte sie sich zu Emanuel. Die Zeit mit ihm.

Sie waren nicht getrieben von Pflicht, ihre Nächte.

Nur die Lust gab den Plan, nur die Freude schlug den Takt.

Stunden voll Verlangen.

So intensiv, so wild.

Stunden voll Zärtlichkeit.

So weich so zart.

Emanuel! Emanuel!

19

Die Alte Oper, ihr Ziel, jedes Mal.

Dort zu sitzen, vor dem erhabenen Gebäude, mitten in der Stadt, am Opernplatz dem Treiben zuzusehen, ein Genuss.

Dieses Mal jedoch fand sich Heidelinde sehr früh dort wieder.

An der Wand, an einem der wenigen Zweiertische, dort, wo der Eingang ins Café wies, dort schien ihr immer der beste Platz zu sein. Ein idealer Horst für einen Einzelnen, geschützt im Rücken durch die hohe hellgraue Sandsteinwand, nach vorne freie Sicht.

Von dort überblickte man alles, hatte den großen Platz im Blick, schaute auf die Taunusanlage mit ihren hohen Bäumen, auf den Eingang zur Goethestraße rechts und zur Fressgass links, auf den Springbrunnen vor der Oper, bis hinüber zu den Bankentürmen.

Pulsierendes Leben der Großstadt.

Hier genoss sie immer ihren Eiskaffee, sortierte ihre Einkäufe, träumte sich in die gekauften Sachen, wünschte sich noch mehr davon und hing ihren Gedanken nach.

Was für ein Gefühl, mit der Hand die feine Seide der Wäsche zu ertasten, was für eine Vorfreude, sie zu tragen.

Jetzt tat sie das nicht.

Plötzlich war ihr Tag nicht mehr ihr Tag.

Es gab keine Tüten, es gab keine Einkäufe.

Die Freude des Morgens verflogen, aufgelöst. Stattdessen Unwohlsein und Unruhe.

Nachdem die U-Bahn mit einem Ruck wieder angefahren war, die Stationen Zoo und Konstablerwache hinter sich gelassen hatte, war Heidelinde an der Station Hauptwache ausgestiegen. Von dort hätte sie alle Optionen gehabt. Entweder in Richtung Zeil auf die Haupteinkaufsstraße Frankfurts mit all ihren großen Kaufhäusern, der Zeilgalerie und dem neuen „My Zeil", oder zum Rathenauplatz, um von dort entweder die edle Goethestraße oder die Fressgass anzusteuern.

Aber ihre freudigen, erwartungsvollen Gedanken waren düsteren gewichen.

So entschied sie sich für die Fressgass. Aber auch ihr konnte sie nichts abgewinnen. All die schönen Lokale mit den Sitzplätzen im Freien, die Geschäfte und das bunte Treiben dort erreichten sie nicht.

So hatte sie sich früher als erwartet im Café wiedergefunden und ließ die letzten Stationen der U-Bahn-Fahrt nochmals Revue passieren.

Die Erinnerung an so viele negative Ereignisse, ausgelöst durch die schöne Frau, die sie so sehr in ihren Bann gezogen hatte, hatte alles durcheinandergebracht.

Sie hatte als Einzige nicht erleichtert gewirkt, als der unfreiwillige Halt endlich vorbei gewesen war.

Als es schließlich weiterging und der Zug in die Station Zoo einfuhr.

Der Bahnhof mit ein wenig Farbe. Mit bunten Bildern an der Wand, mit einem Nashorn, mit Blumen und Vögeln, mit Sitzplätzen, von „Elefanten" angeboten, auch wenn alles ein wenig fahl in ein dunkles Licht der Neonleuchten getaucht war.

Die Elefanten, lustige, gefliese, wuchtige Blöcke mit einem Buckel für den Kopf und großen roten Ohren. An den großen Körpern waren jeweils fünf blaue Sitzschalen befestigt. Die Säule vor dem Fenster ein wenig fad, hellbeige glänzendes Material mit großen Fugen. Aber gleich daneben der graue Abfallbehälter. Der hatte so ausgesehen, als säße ein großer bunter Vogel mit gelb-rotem Schnabel direkt auf ihm, obwohl der nur Teil der Bemalung auf der gegenüberliegenden Wand hinter dem anderen Gleis war.

Die schöne Frau hatte gelächelt. Ganz wenig nur. Ganz kurz.

Und die Ansage der U-Bahn hatte gleichmütig verkündet: „Nächste Haltestelle Zoo, Ausstieg in Fahrtrichtung rechts. Umsteigemöglichkeit zur Straßenbahn der Linie 14.“

Heidelinde hatte einen Augenblick lang gezögert.

Zoo – das wäre noch eine Option gewesen. Ein Tag im Zoo, ein Tag mit Tieren.

Doch dann, in letzter Sekunde, als sie sich schon erheben wollte, als die Bremsen quietschten, sich die Türen öffneten, war sie doch sitzen geblieben.

Sie liebte alle Tiere, doch diese da waren eingesperrt wie sie. Sie würde es nicht ertragen können. Nicht heute, nicht jetzt.

Auch an der Konstablerwache hatte sie gezögert.

„Ausstieg in Fahrtrichtung links!“ Wieder die eintönige Stimme. Viele Umsteigemöglichkeiten. Zur S 1 bis S 6.

Ein großer Bahnhof. Nicht so leer wie die vorherigen. Geschäftiges Treiben überall.

Auf dem Bahnsteig Gedränge.

Die große Traube der Menschen vor dem Ausgang im Zug.

Spürbare Unruhe. Die Körper zeigten, dass sie hinauswollten. Dann das Zischen der Türen und Sekunden später die hinausströmenden Menschen, in verschiedene Richtungen den Bahnsteig entlanghastend.

Ihr U-Bahngesicht hatten sie mitgenommen. Sie starrten genauso teilnahmslos, wie sie es vorher im Zug getan hatten.

Heidelinde war sitzen geblieben. Hatte hinausgestarrt. Bilder, die sich eingeprägt hatten.

Der Junge drüben an der Säule. Wie ihr Norbert. Ein junger, lässiger Typ. Die Augen auf das Smartphone gerichtet. Die Stöpsel im Ohr. Obligatorisch.

Die Säule mit den kaputten Fliesen. Weiße Fliesen. Schon ein wenig grau, schmutzig, im unteren Bereich angeschlagen. Elf Querrillen, nein, Fugen und so viele schmale Fliesen.

Ganz unten nur ein schwarzer Fleck, dann zwei … im dritten mehrere und im vierten dann genau in der Mitte ein großer, fast quadratischer, herausgeschlagener Fleck. Ein Fuß des Jungen kurz vor der zweiten Rille fest angelehnt. Sein Körper darüber. Ungeniert. So wie alle hier. Besitzer der U-Bahn, des Bahnhofes, der Gleise, der Säule mit den Fliesen.

Nicht weit davon der Fahrstuhl, viel Glas mit gelben Rahmen. Menschen, die neben der Säule saßen, ganz in der Nähe standen. Die Frau mit dem roten Schal, der beigen umweltfreundlichen Umhängetasche. Blond, mit Brille, schwarze Turnschuhe. Nicht schön!

Wieder ein Mann mit Stöpseln im Ohr, auch ein Handy in der Hand. Blick nach unten. Ungerührt. Und die andere Säule, ohne Schaden, und die rote S-Bahn auf der anderen Seite.

„Kompromisse machen andere.“

Nur dieser Satz leuchtete einsam auf dem großen Schirm des Infoscreens. Daneben der Name der Station: Konstablerwache. Hell auf verblassten Farben.

„Heidelinde!", hatte sie gedacht. „Das bedeutet etwas! Dieser Satz steht nicht umsonst hier. Er betrifft dich. Du musst darüber nachdenken, Heidelinde!

Keine Kompromisse mehr! Du musst endlich handeln! Du willst so sein wie die schöne Frau! Glücklich und zufrieden willst du sein. Deine Kinder sind groß, sie brauchen dich nicht mehr. Deine Pflicht hast du erfüllt. Nun kannst du weiter.

Kompromisse machen andere, Heidelinde! Du nicht mehr! Dort steht es! Extra für dich, extra für heute!", und einen Augenblick hatte sie gelächelt, während die U-Bahn schon angefahren war.

Der Infoscreen verlor sich, die U-Bahn ließ alles zurück. Die verblassten Farben auf den Wänden. Wellenförmig angeordnete Grüntöne, hell, dunkel, ruhelos, dann ein schmutziges Grau, ein milchiges Gelb und mittendrin ein Klacks Erdbeerrot. Kaum erkennbar Buchstaben in all dem Durcheinander, ein H, daneben ein A. Doch nun war die U-Bahn längst wieder in den dunklen Tunnel eingetaucht.

Heidelinde war Constanzes Blick gefolgt. Hinauf zum gelben Ring, zu den Halteschlaufen, zu den zwei Händen, die jetzt darin hingen und die Bewegungen der Bahn auszugleichen versuchten.

Warum hatte die Frau dort hinaufgestarrt? Woran hatte sie gedacht?

Sicher hatte sie anderes im Kopf als sie. Angenehmeres. Leichteres. Schöneres.

In Heidelindes Kopf aber herrschte Durcheinander. Verbitterung. Resignation.

Jahrelang war sie im Trott gelaufen. Immer war sie den Regeln gefolgt.

Kochte ihrem Franz täglich ein leichtes Mittagessen.

Am Wochenende jedoch bestand er auf dem Ritual. Um 11.30 Uhr auf den Punkt hatte das Essen auf dem Tisch zu stehen. Der Sonntagsbraten nach alter Tradition.

Rind, Kalb oder auch Wild, mit Klößen, Wirsing oder Rotkohl, davor eine Suppe, kräftig gekocht aus Tafelspitz und Knochen, mit Nudeln und Petersilie serviert.

Dafür stand sie auch am Sonntag schon um 8 Uhr auf, wenn das Haus noch still und auch draußen auf der Straße niemand zu sehen war.

Wie gerne hätte auch sie einmal ausgeschlafen, so wie Franz genüsslich in den Tag gefaulenzt. Doch sie fügte sich. Sie hielt die Regel ein, beschwerte sich nie.

Früher hatte sie noch, wie er, den Samstagabendgottesdienst besucht. Jetzt verweigerte sie sich dem. Sie hatte es einfach eingestellt. Das war die Änderung. Die einzige. Manche sagten, das ginge nicht. Die Kirche sei Pflicht. Ein Affront, nicht hinzugehen. Eine Beleidigung. Franz sagte das auch. Doch sie hatte sich fest vorgenommen, ihm dahingehend die Stirn zu bieten.

Irgendwann hatte sie festgestellt, dass sie gar nicht glaubte. Nicht an die befreiende Wirkung der Gebete, nicht an den Himmel, aber auch nicht an das Fegefeuer oder die Hölle.

Sie sprach nicht mit ihm darüber, nannte keine Gründe, keine Entschuldigung.

Sie war es sich schuldig. Den Schein wollte sie nicht mehr wahren.

Statt Schuldgefühlen fühlte sie Freude. Gewonnene Freiheit, Erleichterung. Da hatte sie begonnen, etwas zu verändern. Da hatte sie zum ersten Mal Stärke gefühlt.

Es hatte langsam angefangen. Erst fühlte sie Enge, dann eine aufkeimende Wut, schließlich war all das dem Gefühl der Gleichgültigkeit gewichen. Es war gar nicht mehr da. Am Ende nicht einmal mehr dieses Gefühl.

So kochte sie also, wischte die Böden, saugte die Teppiche, wusch die Wäsche, bügelte, ohne ein Wort.

Er war nicht sehr verändert. Ein paar Kilo mehr, die schimmernde Glatze! Aber sonst. Er wusste, was er wollte. Das konnte er durchsetzen, ohne Worte. Sein Blick reichte oder die Art, wie er dastand. Voller Macht, kraftvoll!

Sie kannte jeden seiner Sätze.

„Was gibt es heute?"

„Noch Soße da?" Dazwischen ein gleichmütiges Kauen, das Klappern des Bestecks.

Wenn er dann aufstand, ohne ein Wort, dann war das Essen gut!

Sehr gut, wenn er zufrieden rülpste.

Schlecht, wenn er herumstocherte, nur ein paar Bissen nahm, die Gabel fallen ließ und, ohne sie eines Blickes zu würdigen, den Raum verließ.

Irgendwann nahm sie das alles nicht mehr wahr. Sie funktionierte. Mehr nicht!

Jetzt aber, im Café an der Alten Oper, wurde es klarer und klarer:

Es würde nicht mehr weitergehen. Es würde ein Ende haben. Es musste ein Ende haben.

Keine Kompromisse mehr.

Sie war wachgerüttelt. Wachgerüttelt von der Frau, von der sie glaubte, sie führte das allerbeste Leben.

Was war mit den anderen Menschen in der U-Bahn? Welches Leben führten sie?

Was verbarg sich hinter den Gesichtsfassaden? Welches Glück, welches Unglück?

Was war mit den Menschen hier auf diesem Platz?

Die, die nur vorbeihasteten von einer Seite zur anderen, die, die Richtung U-Bahn liefen oder zur anderen Seite Richtung Tiefgarage Opernplatz? Sie alle hatten ihr U-Bahngesicht. Genauso wie in der U-Bahn blickten sie unbeteiligt, lustlos, versteinert, zeigten kaum Regung, ließen nichts an sich heran.

An der einen Laterne hockte einer. Im Anzug. Die einzige der schweren vierarmigen Laternen, die auf einem Podest stand. Mit dem Rücken lehnte er daran, die Krawatte etwas gelockert, das eine Knie angewinkelt. Er gestikulierte wild, sprach laut, lachte ab und an, schien gut gelaunt. Das Gespräch am Handy also ein gutes.

Weiter drüben auf der großen Steinsäule, dem Uhrtürmchen, saßen mehrere Menschen. Die Lampen ganz oben rund um die Säule über ihren Köpfen. Eine ältere Frau hatte die Augen geschlossen.

Eine Frau in weißen Jeans und blauem Ringelpulli saß mit weit von sich gestreckten Beinen lesend da. Das Gesicht steckte unter einem Strohhut. Sie blickte nicht auf. Daneben eine Mutter mit Kind. Sie wartete, ganz offensichtlich.

Und plötzlich fiel Heidelinde noch etwas ein.

Etwas, das sie lächeln ließ, etwas, das sie vergessen hatte.

Mit Blick auf die kleinen Tische im Café dachte sie an ein mystisches Spiel.

Sie waren Jugendliche gewesen. Vier dreizehnjährige Mädchen.

Sie hatten Langeweile gehabt.

Also spielten sie „Tische rücken". Was machte mehr Spaß, als dem Schicksal Fragen zu stellen?

Käthe hatte den Tisch, den man brauchte.

Ein dreibeiniger musste es sein und die wichtigste Bedingung: kein Nagel, kein Metall, nur geleimt.

Mädchen, die aufgeregt in der Scheune rund um den Tisch hockten.

Die Hände auf den Tisch gelegt, die Finger weit gespreizt.

Ganz wichtig: Die kleinen Finger mussten sich berühren.

„Der Tisch wird unsere Fragen beantworten!", erklärte Käthe. „Bewegt er sich nach einer Frage, dann heißt das ,ja'. Bewegt er sich nicht, dann ist es ein ,nein'."

Das Bewegen nannten sie auch Klopfen.

Vier Mädchen und die aufgeregten Fragen.

Aber nein, sie glaubten nicht daran, glaubten nicht an Hokuspokus, waren vernünftig und stabil.

Doch wenn sie fragten, wenn der Tisch klopfte, dann klopften auch die Herzen und in den Nächten, die folgten, schliefen sie nicht.

„Werden wir heiraten?", fragte sie.

Und der Tisch klopfte bei Wilma, bei Käthe und Heidelinde, bei Doris klopfte er nicht.

„Wie viele Kinder werden wir bekommen?"

Und der Tisch klopfte einmal bei Wilma, viermal bei Käthe, zweimal bei Heidelinde und bei Doris klopfte er nicht.

„Heiraten wir Männer aus dem Ort?"

Und der Tisch klopfte.

Dann fragten sie die Namen ab.

Heidelinde nannte viele der Jungen. Der Tisch bewegte sich nicht. Sie nannte die, für die sie schwärmte. Der Tisch bewegte sich nicht.

Schließlich nannte sie Franz Kremers.

Und der Tisch klopfte.

Du meine Güte, dachte sie heute und es war ihr fast gruselig! Dieser Tisch hatte es gewusst. Ob er auch noch mehr gewusst hätte, wenn sie gefragt hätte?

Aber das hatte sie nicht, denn sie hatte sich erschrocken. Franz war zu dem Zeitpunkt der, den sie am wenigsten gewollt hätte.

Eine lustige Geschichte.

Vielleicht hätte sie auch später öfter mal Tische rücken sollen?

Heidelinde lächelte wieder, atmete tief durch, den Duft des Kaffees in der Nase.

Das Bild der schönen Frau aus der U-Bahn in ihrem Kopf.

„So wie sie …!", dachte sie erneut. „So wie sie …!"

20

Constanze war es nicht anders ergangen.

Heidelinde saß in ihrem Kopf fest. Selten hatte sie ein Mensch mehr interessiert, mehr fasziniert.

Sie hatte den Ruck kaum wahrgenommen, den Ruck, als die U-Bahn wieder anfuhr, als die vielen Körper sich merklich entspannten.

Auch wenn ein großes Schild „Verhalten bei Betriebsstörungen" anmahnte, so richtig glaubte wohl niemand daran, dass solche Regeln nutzen würden.

„Bewahren Sie Ruhe und folgen Sie den Anweisungen des Personals", stand da.

Und weiter hieß es:

„Türen geschlossen halten. Das eigenmächtige Aussteigen auf freier Strecke ist lebensgefährlich. Feuer bekämpfen. Feuerlöscher befinden sich an den mit diesem Zeichen gekennzeichneten Stellen. Bei außergewöhnlichen Vorkommnissen Einfahrt in die nächste Station abwarten."

Ob sich alle gut verhalten würden?

Nein, daran glaubte sie eher nicht. Es würde eine Panik ausbrechen im Ernstfall. Es würden keine wohl gemeinten Regeln befolgt werden.

Im Grunde war es ihr egal.

Das alles bedeutete für sie nur eine Verzögerung. Das Unausweichliche würde dennoch kommen. Eine Entscheidung würde verlangt werden. Es war nicht aufzuhalten.

Hätte sie vielleicht doch um Rat fragen sollen?

Aber wo, wen?

Viola? Freundin? Ja! Kameradin? Ja! Vertraute? Nein.

Angela? Vertraute? Nein!

Isolde? Vertraute? Nein!

Drei Frauen, drei Freundinnen!

Aber jetzt, mitten in ihrer größten Lebenskrise, kein Halt.

Frauen für Spaß, für Tennis, für eine Runde Golf, für ein Wochenende im Wellnesshotel, für eine ausgedehnte Shoppingtour. Aber sonst?

Viola, die Schöne, viel zu sehr mit sich beschäftigt.

Angela, die Geschäftsfrau, nur für Business erreichbar.

Isolde, die Gelangweilte, nicht für Probleme zugänglich.

Keine Vertraute. Keine Hilfe.

War sie am Wendepunkt? Am Wendepunkt ihres Lebens? Wie würde alles weitergehen? Wer würde noch mit ihr gehen?

Fast wäre es ihr lieber gewesen, der Zug hätte noch etwas länger gestanden. Das hätte die Entscheidung noch länger hinausgezögert, hätte ihr Zeit gegeben.

Sie hätte noch nach Lösungen suchen können. Vielleicht wäre ihr ein Ausweg eingefallen.

Nun aber rollte sie dem Ziel entgegen, schneller und schneller werdend.

Allem hilflos ausgeliefert.

In der Enge, die noch enger wurde.

Mit der Luft, die sich noch stickiger anfühlte.

Mit der Nähe, die sie kaum mehr ertrug.

Als die Ansage den Bahnhof Zoo ankündigte, als die ersten fahlen Wandbilder auftauchten, flohen ihre Gedanken, stahl sie sich weg, suchte sie Ruhe.

Ihre Urlaube.

Damals in Rom. Ein noch junger Rolf. Kaum Geld. Im klapprigen Auto. Aber glücklich und zufrieden.

War es da noch Liebe? Hatte er sie überhaupt jemals geliebt?

In Spanien. Zum ersten Mal mit dem Flugzeug. Viel Sonne, Strand und Meer.

In Positano und auf Capri. Die engen Gassen, die Restaurants, die Schönheit der Landschaft, so viel Luxus.

Ein Eis auf dem Marktplatz von Anacapri, ein Cappuccino im Hafen von Positano.

Im Herbst an den Gardasee, dann hinauf nach Norwegen.

Immer weiter weg.

Im Winter nach Jamaica, nach Mexiko, zum Tauchen auf die Malediven.

Und als die angedeuteten Elefanten als Sitzgelegenheit im Bahnhof Zoo auftauchten, dachte sie an die Safari in Südafrika.

An beeindruckende Begegnungen mit Elefanten, mit einer großen Herde, mit Zebras, Antilopen und ganz selten auch einmal mit ein paar Löwen.

An den Busch und seine Geräusche. So fremd, so außergewöhnlich bei Tag und bei Nacht.

An den anderen, gewaltigen Sternenhimmel der südlichen Hemisphäre.

An die Buschfahrten frühmorgens oder spätabends.

Daran, wie klein sie sich vorkam und wie gewaltig sich die Welt zeigte.

Und schließlich noch ein Highlight, eine Kreuzfahrt. Von Chile nach Neuseeland, fast fünf Wochen lang. Auf einem wunderschönen Schiff. Zeit für Ruhe und Entspannung, Zeit, ganz andere Welten zu entdecken.

Da wusste sie längst, dass Rolf die Bühne brauchte, dass er sich schmückte mit den anderen Menschen, sich selbst dadurch noch mehr Glanz verlieh.

So ein Schiff war eine großartige Gelegenheit.

Sich zu präsentieren. Sich in Szene zu setzen. Wohin es ging, war ihm gleichgültig. Die exotischen Ziele, die Kultur der Länder, die Andersartigkeit der Natur, die Menschen, all das interessierte ihn nicht.

Auch sein gelegentliches Fremdgehen war mittlerweile zur Sexsucht mutiert.

Da hatte ihr Glanz für ihn begonnen zu bröckeln.

Mit ihr konnte er nicht mehr genug punkten.

Auf jeder Insel war sie alleine unterwegs. War auf Robinson Island zum Friedhof gewandert, wo ein Gedenkstein an die ertrunkenen Soldaten des Kreuzers „Dresden" erinnerte. Mitten im Nirgendwo des Pazifiks, so weit von Chile entfernt.

Dort hatte sie auch fasziniert vor dem Haus gestanden, das aus lauter Glasflaschen erbaut war.

Wie war das möglich, ein Haus so zu bauen?

Die stolzen Chilenen, die sattellos auf wunderschönen Pferden ritten. Die Natur, so wild, so schön.

Der steile Weg vom Meer hinauf in die Berge und unten am steinernen Ufer so viele Robben, die genüsslich in der Sonne dösten. Ein Paradies. Abseits von allem.

Aber Rolf hatte nichts davon gesehen.

Er interessierte sich nicht für die Moai auf den Osterinseln.

Nicht für die Kultur und die Geschichte, nicht für den Vulkansee und die Tradition der jungen Männer, die jedes Frühjahr unter Lebensgefahr ein Ei von der vorgelagerten Insel holten.

Ihr Lohn für die Mühe, jede Menge Privilegien für ein Jahr und eine Jungfrau, die wartete.

Sie lehnte alleine am großen Moai am Ranu Ravaku, der fast umgekippt schon am Boden lag. Etwas, was sie immer in Erinnerung behalten würde, ebenso wie die außergewöhnlichen Namen.

Sie lernte über die Moai, dass es sie nicht länger als 1500 Jahre geben konnte, dass der Nationalpark Rapa Nui ein Teil des Unesco-Weltkulturerbes ist, dass es einige hundert dieser großen Steinfiguren gibt. Man findet kaum einzelne, immer stehen sie in Gruppen, oft in einer langen Reihe, der übergroße Kopf stets dem Land zugewandt, niemals dem Meer.

Es interessierte Rolf nicht.

Sie sprang alleine hinüber auf das Boot der Einheimischen auf Pitcairn, das sie mit den anderen Touristen auf die einsame Insel brachte. Ein wildes Abenteuer für einen Tag und Insulaner, die sie mit allem begrüßten, was sie zu bieten hatten. Eine tropische Vegetation, steile Felsen, wenige Bewohner. Viele der heutigen Bewohner sollen Nachfahren der Meuterer der MS Bounty sein.

Sie badete alleine auf Niue und saugte den Glanz der Südseeinseln auf.

Goldgelber Sand, türkisblaues Meer, Palmen, Sonne, Urlaubsfeeling.

Tahiti, ein Highlight, dann Moorea und schließlich Bora Bora.

Nirgendwo schien der Traum vom Paradies näher.

Ihr großes Glück, auf dem Balkon ihrer Kabine auf das glitzernde Meer hinauszuschauen und, ja, auch der wahnsinnige Luxus, den sie für ein paar Wochen aufsaugen konnte.

Sie streifte auf Tonga allein durch die Gegend und staunte über die gigantische Brandung.

Das Meer unterspülte dort den Boden und brach durch die in den Boden gefressenen Löcher in gewaltigen Fontänen von unten wieder heraus.

Sie kaufte sich selbst eine Perlenkette und die schwarzen Perlen trauerten mit ihr.

Trotz allem Schönen war ihr ihr Mann verloren gegangen.

Kein Zugang zu ihm möglich. Sie waren zu zweit und doch allein.

Irgendwo in seinem Ego suchte er nach mehr und mehr Bestätigung.

Die Sonne sein Lebenselixier, sein tief gebräunter Körper ein Muss. Das Leben an Bord seine Welt.

Ein spätes Frühstück auf der Terrasse, eine halbe Stunde im Fitnessstudio, danach im Golfsimulator, später beim Mittagskaffee, das Liegen am Pool, die schönen Mädchen aus der Crew bewundern, dann ein opulentes Dinner im A-la-Carte-Restaurant und ein Ausklang im Freien an der großen Bar bis in die späte Nacht.

Sein Leben eine Sucht.

Sein Schmuck die Geliebten. Mehr und mehr, bis er nicht mehr davon lassen konnte.

Sucht nach Anerkennung! Ein Größenwahn.

Immer unerträglicher für Constanze.

Eine wunderschöne Kreuzfahrt.

Der letzte Urlaub mit ihm.

Und jetzt?

Die Ansage hatte gerade verkündet: „Nächste Station Konstablerwache. Ausstieg in Fahrtrichtung links.“

Die Schwiegermutter tauchte in ihren Gedanken auf.

Constanze und ihre Schwiegermutter, das war kein gutes Verhältnis gewesen.

Das war ein Muss. Ein erzwungenes Miteinander.

Manchmal ein Kampf, auch Neid, Missgunst.

Sie hassten sich von Anfang an.

Hedwig und ihr Rolf.

Da passte nichts dazwischen.

Später wusste Constanze: Sie hätte auch nicht dazwischengehen sollen. Sie hätte vernünftig sein sollen, nicht der Verliebtheit nachgeben.

Sie hätte besser achten sollen, nicht nur auf Rolf, sondern vor allem auf das Verhalten seiner Mutter.

Hedwig hatte ihn jung bekommen, ihren Rolf.

Die Ehe ein Muss, die Schwangerschaft zwang ihren Bernhard dazu. Er konnte sich dem nicht entziehen. Der Druck der Familie zu groß.

Kommt ein Kind, wird geheiratet, so war das.

So heirateten sie, so jung, so unerfahren, von Liebe hatte niemand gesprochen. Sie war neunzehn, er zwanzig Jahre alt.

Ab da war sie daheim, ihr Mann baute das Geschäft auf. Nie war er da gewesen, nie kümmerte er sich. Er lebte sein Leben, arbeitete hart, feierte Partys, amüsierte sich und Hedwig hatte Rolf.

Er wuchs heran, und als er fünf Jahre alt war, feierte sein Vater seine Partys woanders.

Die Trennung eine Schmach, die Scheidung ein Desaster.

Doch sie hatte ihren Rolf. Das Kind ihr ganzer Stolz.

Es fehlte ihm an nichts, ihrem Rolf.

Er bekam, was er sich wünschte, er machte, was er wollte.

Hedwig lebte nur für ihn. Sie vergaß sich völlig, hatte nie

mehr einen Partner bei sich. Rolf war das geworden. Ersatz für ihren Mann.

Das Kind war ihr Ein und Alles. Ihr Leben drehte sich um ihn.

Rolf lernte schnell. Wie er weinen musste, wenn er etwas erreichen wollte, wann er sich stur stellen musste, wie er die Mutter beeinflussen konnte.

Ein kleiner Egoist wuchs heran, aber für Hedwig war er ein Engel.

Er bekam Schwierigkeiten in der Schule. Schon in der ersten Klasse.

„Ihr Kind ist nicht integrierbar!", sagte die Lehrerin.

„Sie bemühen sich nicht um ihn!", Hedwigs Antwort.

„Ihr Kind mobbt die Anderen!", sagte die Lehrerin.

„Doch wohl eher die Anderen ihn!", Hedwigs Antwort.

Rücksicht, für Rolf ein Fremdwort.

Miteinander ein Fremdwort und seine Mutter der Garant für Hilfe in brenzligen Situationen. Sie boxte ihn überall heraus, fand immer eine Ausrede und rettete ihn immer vor größeren Strafen.

Sie merkte nicht, wie sehr sie ihm damit schadete.

Sie lobte ihn und lobte ihn.

„Mein Rolfi!", sagte sie. „Mein Rolfi!"

Rolfi konnte alles am besten, Rolfi war der Größte.

Sie pries seine Leistungen, auch wenn es gar keine waren.

Und sollte er einmal nicht im Mittelpunkt stehen, lenkte sie geschickt das Gespräch auf ihn.

Als die Pubertät kam, als ihr Kind sich veränderte, als er den Mädchen hinterhersah, war das Gefühl wieder da, das ihr schon bei ihrem Mann das Leben schwer gemacht hatte.

Eifersucht. So tief, so schmerzhaft.

Wie ertragen, dass er sich anderen Frauen zuwandte?

Sie konnte ihn nicht verlieren. Nicht noch einmal diesen Schmerz erleben.

Sie schlief nicht mehr. Sie konnte sich nicht konzentrieren, sie begann ihn zu verfolgen, sie holte ihn öfter zum Schmusen in ihr Bett.

Wie hätte Rolf sich anders entwickeln können? Er musste so werden, wie er war.

Einer, der alles für sich beanspruchte.

Er brauchte es.

Das Lob der Mutter lebenswichtig. Ihre Aufmerksamkeit unerlässlich.

Rolf, eine wichtige Persönlichkeit. Das hatte er von seiner Mutter gelernt.

Für Rolf gab es nur eine Frau: seine Mutter.

Für sie gab es nur einen Mann: Rolf.

Wenn es ein Verbrechen gab, das sie begangen hatte, dann war es das gewesen.

21

Derweil saß Heidelinde immer noch im Café.

Der Kaffee schmeckte nicht.

Die Bäume gegenüber hatten schon ausgetrieben. Noch ein zartes Grün, mit dem Blau des Himmels darüber eine prächtige Kombination.

Alle Tische belegt. Kein Sonnenplatz mehr frei.

Die Menschen saugten sie auf, die Wärme, die Sonne. Nach dem langen Winter.

Die Frau am anderen Ende der Terrasse blinzelte. Sie hatte den Kopf in den Nacken gelegt, der Sonne zugewandt genoss sie sichtlich die wärmenden Strahlen. Kaum einer der dunkelroten Sonnenschirme war aufgespannt.

Die Frau schien glücklich. Ihr Mund zu einem Lächeln verzogen, ihr Körper entspannt.

Doch am Nachbartisch versteckte eine andere Frau ihre Augen hinter einer dunklen Sonnenbrille. Ihr Mund war angespannt, schmale Lippen, zusammengepresst, sagten: Ich bin allein.

Auch die beiden näher bei ihr, der Mann im weißen Hemd, mit den kurzen rotbraunen Haaren, den geröteten Ohrläppchen und der sonoren Stimme und die Frau in Jeans und blauem Shirt, waren in ein ernstes Gespräch versunken.

Sie war in Freizeitkleidung, mit weißer Baseball-Kappe und Turnschuhen, in denen nackte Füße steckten. Keine junge Frau. Faltige Hände, ein hageres, hartes Gesicht, stark geschminkte, dunkel umrandete Augen. Er hatte die Jacke seines dunkelblauen Anzugs über die Stuhllehne gehängt.

Er schwitzte.

Was hatten die beiden miteinander zu tun?

War das seine Frau?

Stritten sie miteinander?

Ihr Gesicht im Schatten der Kappe verzerrt, ernst.

Ab und an nippte sie an ihrem Glas Wasser, schob sich den Löffel in den Mund.

Waffel, Erdbeeren, Sahne.

Er sprach. Sie hörte zu. Kein Nicken. Keine Regung.

Er gestikulierte. Keine Regung.

Keine glückliche Begegnung.

Dazwischen ein Lachen. Vom Nachbartisch.

Das war die junge Frau mit dem dunkelblonden Lockenkopf.

Eine wilde Mähne, weit über die Schulter reichend. Eine schwarz-weiß gepunktete Jacke. Nur die Rückenansicht. Aber sympathisch.

Von ihrem Tischpartner gegenüber sah sie nur die hohe, in der Sonne glänzende Stirn, einen ebenfalls blonden Haaransatz, mehr nicht.

Die Frau im Ringelpulli dort drüben las noch immer. Unbewegt hielt sie das Buch in der Hand.

Auf dem Boden zwischen den beiden Tischen die Schatten.

Große Schatten, eine Hand mit einem mahnenden Zeigefinger hochgehalten und daneben die Locken der wilden Haare, fein im Schattenbild erscheinend.

Auch die Schattenbilder sprachen miteinander, gestikulierten, bewegten sich.

Heidelinde lächelte und versank wieder in ihren Gedanken.

Für sie war hier Schluss. Kein weiterer Blick in die Geschäfte. Kein Gang auf die Zeil mehr, wo sie sonst in die großen Kaufhäuser gebummelt war und im Shoppingcenter „My Zeil" nach den Inn-Läden geschaut hatte. Sie liebte das Treiben dort, die vielen unterschiedlichen Menschen so vieler unterschiedlicher Nationen.

Es war nicht auszumachen, wo sie alle herstammten.

Eine Vielfalt an Menschen, die Klänge verschiedener Sprachen, die unterschiedliche Kleidung.

Beeindruckend auch das Schlangestehen so vieler junger Leute.

Sie warteten auf Eintritt in die angesagten Shops. Amerikanisch, sagte man ihr.

Sie warteten, sie warteten darauf, einkaufen zu dürfen.

Ein Sicherheitsmann vorne an der Türe, ein mit roten Bändern abgegrenzter Wartebereich vor dem Geschäft.

Für Heidelinde so absonderlich, so ungewohnt.

Warten darauf, einkaufen zu dürfen.

„Wow!", rief ein ganz junges Mädchen. „Wow, ich kann's kaum erwarten! Ich kaufe mir heute die Jeans … die mit den Fransen!" Dabei hüpfte sie von einem Bein auf das andere, riss die Arme in die Luft und kreischte unentwegt. Andere hüpften mit.

Eine glückliche wartende Gemeinschaft.

Unglaublich. Einfach unglaublich!

Ob Isa und Norbert? Ob sie sich auch so hineinpressen ließen in die Diktatur des Konsums? Hatten ihre Kinder das für sie Wichtige im Leben erfasst? Hatte sie sie so erzogen, dass sie unterscheiden konnten? Ließen sie sich leiten von Unwichtigem? Hatte sie ihnen Selbstbewusstsein mitgegeben? Sie mochte nicht weiter darüber nachdenken.

Heute war ohnehin alles anders. Es war etwas passiert und jede Minute, in der sie mit sich selbst redete, nachdachte, Pläne machte, brachte sie weiter weg von dem, was gewesen war.

Ihre Fahrt mit der U-Bahn war so anders gewesen.

Sie war ja nicht wie sonst an der Konstablerwache ausgestiegen. Irgendetwas hatte sie festgehalten, hatte sie zögern lassen. Sie hatte nicht gehen wollen, hatte wissen wollen, wohin die andere Frau fuhr, hatte ihr eigentlich nahe sein wollen, mit ihr sprechen wollen.

An der Hauptwache dann hatte es sie nach draußen gezogen. Mechanisch war sie aufgestanden, hatte sich zu denen gestellt, die schon vor der Türe warteten, unschlüssig, unglücklich, zögernd.

Die andere Frau war ihr mit Blicken gefolgt.

Sie spürte das.

Die U-Bahn hatte gehalten. Im Sog der nach draußen Drängenden ging sie mit, wurde auf den Bahnsteig geschoben, versuchte noch einen Blick nach hinten zu erhaschen.

Neue Menschen hatten in den Zug gedrängt. Dort musste sie irgendwo sein.

Die Türen hatten sich geschlossen. Der Zug war angefahren, hatte an Fahrt gewonnen. Wieder das Quietschen.

Hier oder weiter drüben?

Überall. Die vielen Menschen. Das Hin und Her.

Dann, nur für den Bruchteil einer Sekunde, noch einmal Constanzes Gesicht, ihr halb offener Mund, die schönen Augen hinter schmutzigem, trübem Glas.

„Halt", schien sie zu sagen. „Halt, geh noch nicht!"

„Bleib!", hatte Heidelinde sagen wollen. „Bitte, bleib!"

Und die U-Bahn war, begleitet von einem schleifenden Geräusch, mit dem Gesicht im Tunnel verschwunden.

Sie wurde weitergeschoben.

Mitleidlos. Der Sog der Menschen nahm sie mit. Den Bahnsteig entlang.

Eine Frau in einem langen bunten Gewand streifte sie sachte. Eine schwere bunte Stofftasche schleifte neben ihr über den Boden. Eine kurze Berührung, ein Drehen der Köpfe und Blicke, die sich trafen. Nur den Bruchteil einer Sekunde. Dunkelbraune, große Augen unter dunklen, fast schwarzen Haaren und einem zarten Schleier. Ein zerbrochenes „Entschuldigung" mit einem fremden Akzent.

Ihre Entschuldigung leise, aber klar und deutlich.

Ein kurzer Moment der Rücksicht, der Nachsicht. Der Wimpernschlag der Augenpaare. Die Menschen hatten sie weitergedrängt.

Gelb- und Orangetöne an den Wänden. In Streifen. Die Steinfliesen am Boden etwas schmuddelig. An der Decke das beleuchtete Schild: Ausgang Hauptwache, darüber der Wegweiser zu U 1, U 2, U 3 und U 8.

Mit der Rolltreppe nach oben. Eine riesige Ebene. Geschäfte überall.

Ganz hinten die große, breite Treppe, der Aufgang zum Platz.

Heidelinde ließ sich treiben, gelangte nach oben, wie in Trance, stand zögerlich auf dem Platz vor der Hauptwache.

Es war nicht mehr ihr Tag.

Dieser Tag war ihr verdorben.

Gründlich schiefgegangen.

Sie fühlte sich verloren.

Ziellos war sie durch die Goethestraße gebummelt, vorbei an den großen Modehäusern, ohne einen Blick dafür.

Immer hatte es sie dorthin gezogen.

Die Schaufenster mit den schönsten Kreationen. Nicht für sie gemacht. Für sie war nur das Träumen, das Sich-Hineinwünschen in eines der Kleider, die Vorstellung, den edlen Stoff zu spüren, der sich ihren Augen darbot.

Die Handtaschen und die schönen Schuhe. Nur das Schauen bereitete ihr Freude. Allein das reichte.

Es hatte immer reichen müssen.

Sie war jetzt 49 Jahre alt.

Sie führte nicht das Leben, das sie wollte.

Sie fühlte sich einsam, im Stich gelassen.

Sie fühlte sich ungeliebt.

Sie fühlte sich elend.

22

Auch Constanze hatte ihn gelesen, den Satz auf dem Infoscreen an der Konstablerwache.

„Kompromisse machen andere.“

Was waren ihre Kompromisse?

Welcher Art waren die, die sie gemacht hatte?

Welcher Art würden die sein, die sie noch machen würde?

Ja, befand sie, ja, ihr Leben bestand aus Kompromissen.

Aus Verzicht, aus Nachsicht, aus Umsicht.

Ein kleiner Kompromiss, die Tätigkeiten in der Firma aufzuteilen. Mehr Ungeliebtes für sie als für ihn.

Ein großer Kompromiss, die Schwiegermutter zu tolerieren.

Emanuel, seine Jugend, ihr Alter – ein einziger Kompromiss.

Kompromisse meist zu ihren Lasten.

Der Satz stand nicht für sie!

Sie sollte sich danach richten!

„Kompromisse machen andere.“

Alles neu überdenken. Ihr Verhalten ändern. Ob ihr das gelingen würde?

Sie hatte gesehen, wie Heidelinde auf den Infoscreen gestarrt hatte. Hatte sie dasselbe gedacht?

War ihr auch schrecklich bewusst geworden, dass alles auf ihre Kosten ging, oder galt er für sie?

Hatte sie dieses Ziel schon erreicht?

Draußen sah auch sie den jungen Mann an der Säule. Jene Säule mit den demolierten Fliesenstücken. Ein Bein angewinkelt, lehnte er daran.

Seltsam, nur diese eine Säule hatte die kaputten Stücke. Alle anderen waren in Ordnung.

Auf dem Gegengleis war eine andere U-Bahn eingefahren.

Wieder diese seltsamen Sätze auf der Außenwand.

„Völlig Galaktisches Fahrgefühl. Viele Gesunde Früchte. Verstand Geht Flöten."

Immer der erste Buchstabe in einem hellen Grau und großgeschrieben. Alle anderen Buchstaben in Gelb.

„Viele Glühende Fans. Verfasser Gestehen Falschmeldung."

Verwirrt starrte Constanze hinüber.

Auch am oberen Rand der Fenster entdeckte sie diese seltsamen Wortkombinationen.

„Verliebte Gehen Feiern" stand dort und „Viele Gucken Fußball."

Dann in der Mitte des Wagens drei graue schmale Streifen und ein „VGF" in Grau.

Jetzt verstand sie.

Verkehrsgesellschaft Frankfurt. Dort stand es auch.

„Alle fahren mit VGF."

Und rundherum alle Sätze mit „VGF".

„Vermisse Gute Filme. Viele Gute Freunde. Vereine Grüßen Frankfurt."

Eine lustige Idee.

Welch teilweise absurde Kombinationen!

Und am meisten amüsierte sie der über der Türe:

„Verkaufe Grätige Flundern."

Sie zuckte zusammen, als sie nach drüben zu Heidelinde blickte.

Wollte sie gehen?

Einen Moment lang sah es so aus.

„Nein!", wollte sie ihr sagen. „Nein, bitte geh noch nicht! Du bist mein einziger Halt hier!"

Doch dann, als sich das Menschknäuel vor dem Ausgang in Bewegung setzte, als die Türen sich zischend öffneten, als alle nach draußen drängten, war Heidelinde wieder in sich zusammengesackt.

Ein paar neue Menschen drängten herein. Die Türen schlossen sich. Sie war geblieben. Zwei offensichtlich umsteigende Gäste waren eingestiegen. In der Hand ein Buch, der Daumen zwischen den Seiten. Ende der Lesepause.

Und die U-Bahn hatte sich in Bewegung gesetzt, tauchte wieder ein in die Dunkelheit des Tunnels, schnell an Fahrt gewinnend, der nächsten Station entgegen.

Constanze hatte nicht mehr viel Zeit.

An der Alten Oper wollte sie aussteigen. Nur noch die Station Hauptwache dazwischen.

Ihre Zweifel so stark.

Was sollte sie tun?

Diktatur der Zeit! Nicht mehr viel übrig!

23

Gegenüber der Alten Oper schickte der Brunnen gleichmäßig sein Wasser nach oben. Eine dünne, aber kräftige Fontäne. Das zurückstürzende Wasser landete auf der Granitplatte und strömte, im Sonnenlicht glänzend, über den Rand des pilzförmigen Blockes nach unten. Der dicke „Stiel" dieses Steinpilzes verschwamm hinter dem milchigen Vorhang des rundherum ablaufenden Wassers, das unten im großen Becken des Brunnens nochmals geräuschvoll aufschlug.

Ein schöner Anblick.

Ein Rauschen und Prasseln.

Ein beruhigendes Geräusch.

Ein paar wenige Menschen sitzend auf dem Rand des Brunnens.

Hatten sie die Augen geschlossen?

Heidelinde konnte das nicht genau erkennen. Sie genossen jedoch deutlich sichtbar die Momente am Brunnenrand.

Sie saß nun schon einige Zeit hier im Café. Der zweite Kaffee dampfte vor ihrer Nase. Die Platanen drüben in der Fressgass reckten ihre dicken, zurückgeschnittenen Äste noch kahl in den Himmel. Die Bäume hinter dem Brunnen trugen schon ein sanftes Grün. Sie bildeten einen wunderschönen Kontrast zu den dahinter in den dunkelblauen Himmel ragenden Glastürmen der Banken. Ihre Ohren eingelullt vom gleichmäßigen Summen der vielen Stimmen, dem ferneren Geräusch der Autos, wobei das Anfahren an der Ampel am deutlichsten herüberdrang.

Sie dachte an das ältere Ehepaar in der U-Bahn. Ganz in Schwarz gekleidet. Düstere, traurige Gesichter, wohl auf dem Weg zu einer Beerdigung.

Sie dachte daran, dass ein Ende ständig kommen könnte und dass sie dann nicht gelebt hatte.

Sie dachte an Tante Annegret, die Schwester ihrer Mutter. Sie hatte kein gutes Leben gehabt. Doch das erkannten sie erst später.

Davor hatte sie geheuchelt, die glückliche Ehefrau gespielt, obwohl die Nachbarn ihre Schreie gehört hatten, obwohl die dunklen Flecken auf ihrer Haut, die blutunterlaufenen Augen eine andere Sprache sprachen.

Doch eines Tages war sie tot.

Und die, die Zeugen der Verwundungen waren, mussten nachdenken, darüber, ob ihr Schweigen sie getötet hatte.

Man nahm Abschied in ihrem Haus. In dem Haus, in dem sie gestorben war.

Man erwies ihr die letzte Ehre.

Früher war das so. Man behielt die Toten noch eine Weile im Haus, betete für sie, holte die Verwandten, die Freunde, die Nachbarn.

So kamen sie alle, um die Verstorbene zu sehen. Gehüllt in weiße Gewänder, gebettet auf dem Totenbett, unter weißen Decken.

Kerzen leuchteten. Der Pfarrer war noch einmal da gewesen. Jetzt weinten sie, die Frauen, die Kinder.

Heidelinde weinte auch.

In den Kissen die Tante, so blass, so zart, so leblos.

Und draußen im Flur an der Wand der Abdruck ihrer Hände.

Anklagend! Mahnend!

„Seht her!", sagten sie, diese Abdrücke. „Seht her, was er mit mir gemacht hat."

Nie mehr hatte sie dieses Bild vergessen können.

Diese Hände. Hände auf dem Staub der Wand.

Sie waren gerutscht, diese Hände, ohne Halt.

Sie waren verzweifelt gewesen.

Sie hatten Angst gehabt.

Sie hatten Rettung gesucht!

Doch da war kein Stopp, da war kein Halt.

Und der Staub und der Schmutz der vielen vergangenen Jahre hatten alles festgehalten:

Die gespreizten Finger, die nach unten schwächer und schwammiger werdenden Spuren bezeugten ihre erbärmliche Lage.

Sie taten das noch immer, als die Frauen da waren und beteten.

„Seht her!", flüsterte die Wand. „Seht her und vergesst es niemals!"

Und sie tuschelten überall im Dorf.

„Er hat sie gestoßen! Er hat sie umgebracht!"

Doch beweisen konnte man es nie.

Aber vielleicht, vielleicht hätten sie es verhindern können.

Denn sie alle hatten es gewusst.

Das Leid von Annegret.

Sein Fremdgehen. Seinen Hass auf seine Frau. Seine Schläge, seine bösen Reden.

Denn sie alle hatten es gewusst.

Auch sie heuchelte, auch sie, Heidelinde.

Sie spielte allen etwas vor.

Die Fassade stand. Eine vorbildliche Familie. Das waren sie. Sie und ihr Franz und die Kinder, Norbert und Isabella.

So, wie es sich gehörte auf dem Dorf. So, wie es sein musste. So, wie es erwartet wurde.

Eine Scheidung käme nie in Frage. Das wäre ungehörig. Das tut man nicht.

Man ist seinem Schwur in der Kirche verpflichtet.

„Bis dass der Tod uns scheidet!"

Und die Hände, die Hände, die nach Halt gesucht hatten, verfolgten sie noch immer.

24

Franz machte derweil eine Pause.

Was ein Genuss.

Diese Stunden allein.

Heidelinde war verlässlich. Sie kam nie vor dem Abend zurück.

Monika war ihm ein wenig wild.

Er musste sich erholen.

So holte er den Champagner. Was war besser geeignet, um sich erneut in Fahrt zu bringen?

Ja, so war es gut, sein Leben.

Alles geordnet. Alles perfekt.

Ab und an eine kleine Auszeit vom tristen Alltag.

Wer hätte ihm das verübeln können?

Selbstgefällig schenkte er zwei Gläser voll.

Er könnte mehr davon haben. Es reichte ihm nicht.

Es erregte ihn, es in Heidelindes Bett zu treiben.

Auch am Abend, wenn sie in dieses stieg, unbedarft, ahnungslos, spürte er eine Erregung, die ihn erbeben ließ.

Doch sie hatte sich nach ihren Ausflügen stets still in ihr Bett gelegt, wie immer mit dem Rücken zu ihm, eingehüllt in eines ihrer dicken, verwaschenen Baumwollnachthemden. Nur einmal, einmal kräuselte sich ihre Nase, schnüffelte sie ein wenig herum, zögerte sie, sah sich im Zimmer um, um dann aber doch ein wenig resigniert das Licht zu löschen.

Da hatte er sich schon erschrocken, fühlte sich ertappt, fast erwischt.

Wie hätte er erklären sollen? Was wäre dann passiert?

Aber nichts Außergewöhnliches geschah.

Er aber sehnte sich nach mehr solchen Abenteuern. Nicht nur bei der Freundin, auch bei sich zu Hause.

Er brauchte den Kick des Verbotenen, das war ihm klar, seit jenem ersten Mal in der Gasse. Das Gefühl möglicherweise ertappt zu werden, dieses Knistern der Luft.

Langeweile hatte er genug.

Sie sah ihn an, jeden Tag, diese Langeweile.

Er musste einen Weg finden, Heidelinde öfter außer Haus zu bringen, für länger, vielleicht sogar für ein Wochenende.

Diese prickelnde Idee gab ihm Auftrieb. Er würde ihr sogar ein „Wellness-Wochenende" zahlen.

Ja, das würde er, hätte er selbst doch viel mehr davon und vor allem, es brächte ihm nicht enden wollendes sexuelles Vergnügen.

In diese aufregenden Gedanken vertieft, warf er sich erneut auf Monika, und ihr leiser Aufschrei entfachte in ihm wieder Gier und Lust.

25

Kurz vor dem Bahnhof Hauptwache, gleich nach der Ansage für die nächste Station, bewegte sich Heidelinde nun doch Richtung Ausgang. Sie war aufgestanden, hielt sich mit einer Hand an der Haltestange des Sitzes fest, versuchte so, die schwankenden Bewegungen des Zuges auszugleichen.

„Sie geht!", dachte Constanze.

„Sie geht! Und ich hätte so gerne Kontakt mit ihr gehabt! Wo wird sie hingehen? Was wird sie tun?

Sie ist so besonders, diese Frau!"

Das Laufen fiel allen schwer, die zum Ausgang drängten.

Dieser Zentralbahnhof mitten in der Stadt war stark frequentiert. Viele wollten hier aussteigen. Viele verharrten noch sitzend, bis die U-Bahn stand. Auch der mit dem Stock hangelte sich von Stange zu Stange Richtung Ausgang.

Das aufdringliche Parfum wartete direkt neben ihr.

Eine sichtliche Unruhe in all diesen Menschen.

Aber ihre Gesichter unbewegt wie immer.

Die Schwiegermutter.

Mein Gott, was hätte sie jetzt an Spott für sie!

Wie würde sie sich freuen ob ihrer schlimmen Situation.

Sie war immer schnell mit bösen Worten, wenn andere in misslichen Konflikten steckten.

Hedwig labte sich daran. Ihre Schadenfreude riesengroß.

Das mochte ein Ausgleich gewesen sein, ein Ausgleich für ihr unglückliches Leben.

Auch ihre Neugier, unermesslich.

Sie konnte nicht genug davon bekommen, etwas über Andere in Erfahrung zu bringen, über diese herzuziehen und kein gutes Haar an ihnen zu lassen.

Nicht einmal vor ihren Freunden machte sie Halt.

Und sie, Constanze, war ihr nie gut genug gewesen.

Für ihren Rolfi hätte sie sich eine bessere Frau gewünscht. Eine klügere, eine schönere, eine besondere.

„Bekommt sie denn keine Kinder?" Das fragte sie besonders gerne. Dabei war es Rolf, der das verweigerte.

Es hätte ihm nicht gefallen, sich seine Frau mit einem Kind zu teilen, gar Aufmerksamkeit an dieses zu verlieren, Rücksicht zu nehmen auf dessen Bedürfnisse.

Nein, das wollte er nicht.

In seinem Leben gab es nur eine wichtige Person!

Ihn selbst. Niemand durfte ihm seine Position streitig machen.

Hedwig lästerte an allem herum.

Nichts war ihr gut genug. Nicht die Einrichtung, die Constanze mit Sorgfalt gewählt hatte, nicht die Art, wie sie den Haushalt führte, vom Essen ganz zu schweigen.

Hätte Constanze gekonnt, hätte sie ihr das ständige angehängte i weggenommen.

Rolfi Rolfi, wenigstens das musste sie heute nicht mehr hören.

Hedwig liebte die Etikette, und so hatte sie ihrem verwöhnten Rolf geschliffene Manieren mitgegeben.

Zudem besaß er einen guten Geschmack, war belesen und liebte die klassische Musik.

Kein Wunder, schon als Jugendlichen hatte sie ihn überallhin mitgeschleppt. Sogar zu den Festspielen in Bayreuth, wo er sich schon mit 15 Jahren den Parsifal anhören musste. Die dunklen Bühnenbilder, die schwere Musik.

Da erfreute er sich mehr am Essen in den einstündigen Pausen.

Dorthin ging er später mit Constanze nicht mehr.

Aber die Oper, diverse andere Festspiele, die Arena in Verona, Salzburg, das war ein Vergnügen mit ihm.

Doch auch das neidete ihr Hedwig.

Sie konnte kaum ertragen, dass ihr Rolfi ihren Platz mit Constanze besetzte.

Sie wollte nicht aus seinem Leben weichen. Sie wollte ihm nahe sein, wo sie nur konnte. Sie wollte immer die Kontrolle über ihn behalten.

Jetzt hatte sie ihn zurück.

Doch das hatte ihr auch nicht zugesagt.

Ihren Rolfi verlässt man nicht.

Das ist eine Demütigung. Das hat er nicht verdient.

Das hat sie nicht verdient.

Jetzt lächelte Constanze. Nur für einen flüchtigen Moment lächelte sie in sich hinein, war sie froh, gegangen zu sein.

Hedwig, penibel in allen Dingen.

Ihre Wohnung ein Museum.

Voller Nippes, kein Platz mehr an den Wänden, jedes Regal, jeder Schrank vollgestopft.

Üppig ihre Einrichtung, schwere, kräftig bunte Orientteppiche, Antiquitäten überall.

Gerne sprach sie die Menschen in der dritten Person an.

So wie es vor langer Zeit üblich gewesen war.

„Wie geht es Euch denn?"

Daran gewöhnte sich Constanze nie.

Sie alleine bei Hedwig und dann die Frage:

„Will sie noch etwas zu trinken?"
Kaffee nur in Tassen mit Goldrand. Edles Porzellan.
Teuer. Teuer. Teuer.
In ihren Schränken fand sich nur das Beste.
Etwas Billiges kam nicht in Frage.
Gut kann nur sein, was etwas kostet. So dachte sie.
Egal, ob im Haushalt oder bei der Kleidung, bei ihren Schminkutensilien oder im Garten.
Sie kaufte nur dort, wo es teuer war.
Schlussverkauf ein Fremdwort.
Man musste sie belächeln. Constanze konnte gar nicht anders. Bei so viel Dummheit, befand sie, muss man wenigstens lächeln.
Grundsätzlich stritt Hedwig mit der Putzfrau. Nichts machte sie ihr gut genug, nichts schnell genug. Obendrein war sie hier knausrig. Sie zahlte nicht. Wo sie konnte, behielt sie Geld ein, befand dieses zu schlecht gemacht, jenes zu oberflächlich. An Weihnachten erhielt die Arme ein Päckchen Weihnachtstee. Abgelaufen. Vom Vorjahr!
Ein Geschenk an sie selbst, das sie nicht mochte. Für die Putzfrau mochte es noch taugen, selbst ein Jahr später.
Warum wunderte es sie, dass es keine bei ihr aushielt?
Irgendwann brauchte sie auch einen Hund. Ein Statussymbol, so wie alles andere! Teuer musste er sein.
Trendig sollte er sein.
Cosy war das. Teuer, trendig.
Die kleine Hündin wurde wenigstens geliebt.
So kam zum Rolfi Cosy.
Dazu noch ein Schatzi, ein Mausi, ein Baby, ein Schnucki, ein Katzi.

So war sie durchs Haus gegangen, Kosenamen rufend, mit schriller Stimme, hochrotem Kopf und hysterischen Bewegungen.

Hedwig. Indiskutabel. Katastrophal.

Reine Gedankenverschwendung. Sie war es nicht wert.

Ihre Gedanken flohen weg von ihr, hin zu Emanuel.

Emanuel.

Vielleicht hätte sie ihn doch mit einbeziehen sollen?

Mit ihm alles besprechen. Das Für und Wider diskutieren.

Seine Meinung anhören!

Nein, auch diesen Gedanken verwarf sie wieder.

Zu jung. Zu verantwortungslos.

Wie hätte er ihr helfen sollen?

Das war ein Abenteuer.

Für sie und für ihn.

Unbedeutend. Keine Liebe. Allenfalls Liebelei.

Bestätigung für beide.

Egoismus, den sie auslebten.

Keine Zukunft geplant.

Ein junger Mann, den sie nicht ernst nehmen musste und konnte.

Oder doch?

Wäre es jetzt nötig gewesen? War sie unfair?

Emanuel!

Das war reine Freude. Das war Spaß.

Und doch!

Wie gerne hätte sie jetzt seine Nähe gespürt.

Seine Hände. Seine Kraft.

Sein Ja oder auch sein Nein.

Und die Ansage verkündete unerbittlich:

„Nächste Station Alte Oper! Ausstieg in Fahrtrichtung links!"

26

„Wenn ich doch die Zeit zurückdrehen könnte!", dachte Heidelinde an der Alten Oper.

Alle die Paare dort, glücklich oder nicht, ließen sie an Heinrich denken. Sie könnte auch mit ihm hier sitzen.

Nicht alleine und ins Leere starren.

Nein, mit ihm, sich unterhalten, lachen und Freude haben.

Stattdessen hielt sie eine Ehe aufrecht, die längst keine mehr war, spielte sie eine Rolle, die sie leid war.

Für die Anderen. Nicht für sich.

Dabei waren die Anderen nicht besser.

Sabine Keim, im Gemeinderat, immer zur Stelle mit einem guten Rat. Drei Kinder wie aus dem Bilderbuch. Sie hatte alles im Griff. Kein Fehler möglich. Immer Händchen haltend mit ihrem Mann bei Veranstaltungen.

Sie ließ keine Gelegenheit aus, ihre heile Welt zur Schau zu stellen.

Doch insgeheim spülte sie ihren Frust mit Alkohol hinunter.

Der Mann gegangen, sie im Entzug, die Kinder bei Verwandten.

Oder der ehrenwerte Herr Werker, der zweimal im Monat nach Frankfurt fuhr. Nicht, um einzukaufen.

Er suchte das, was er daheim nicht bekam.

Bei Frauen, die ihm alles gaben.

Bei Frauen, die nicht lange fragten.

Bei Frauen, die er mieten konnte.

Aber sonntags, sonntags stand er mit gefalteten Händen in der Kirche, betete inbrünstig alle Gebete mit und sang, so laut er konnte. Mit gesenktem Haupt schritt er zum

Altar, um die Kommunion zu empfangen. Nie blieb er, so wie einige andere, sitzen.

Ob er glaubte, durch all das bekäme er die Absolution?

Na ja, und der Pfarrer. Knapp fünfzig Jahre alt, war auch er den Früchten des Lebens nicht abgeneigt.

Seine Geliebte Sonja hatte es einer Freundin erzählt, die wiederum ihrer Freundin, die der ihren und am Ende schauten sie alle verstohlen zu ihr hin, wenn der Pfarrer seine Messe las und sie immer am gleichen Platz mit geröteten Wangen seinen Worten lauschte.

Längst war es keine gute Beziehung mehr. Der Pfarrer erpresste sie.

Sex gegen sein Schweigen, gegen die Absolution, für den Himmel.

War ihr nicht klar gewesen, dass sie ihn doch genauso hätte erpressen können, dass auch er ihr Schweigen brauchte, sonst wäre er verloren gewesen?

Als die erste Glut erloschen war, als die Verwirrtheit der Klarheit wich, als sie zurückwollte in ihr biederes Leben, ließ er sie nicht.

Er forderte und forderte. Er quälte sie. Er strafte sie.

Sie war ihm zu Willen, bis der Zufall ihr half.

Denn eines Tages war er tot.

Er war nicht zur Abendmesse gekommen, also hatten sie nach ihm geschickt.

Sie fanden ihn am Schreibtisch, nach vorne gesackt, die halb fertige Predigt auf dem Computerbildschirm.

Sein Herz hatte ihm den Dienst versagt, hatte einfach aufgehört zu schlagen und Sonja damit unendlich viel Leid erspart.

Hatte Gott nicht mehr länger zusehen wollen?

Sonja verweigerte sich dem nachfolgenden Priester. Sie besuchte den Gottesdienst nie mehr.

Dann war da noch die Familie in dem kleinen Häuschen am Ortsrand, mit einem vergilbten, teils abgebrochenen Putz, grünen, schmutzigen, defekten Fensterläden und einem ungepflegten kleinen Garten davor. Der Mann, ein griesgrämiger Typ mit langen, strubbeligen Haaren, fuhr täglich in die Stadt. Wie er sein Geld verdiente, wusste niemand. Die Frau blieb zu Hause, versorgte die vier Kinder recht und schlecht.

Irgendwann aber hatten alle das Haus verlassen, irgendwann war es still geworden.

Mit diesen Leuten musste man nichts zu tun haben. Man hielt Abstand, kümmerte sich nicht und so konnte geschehen, was eigentlich nicht geschehen kann.

Die Frau war verschwunden. Man sah sie nicht mehr. Nicht beim Bäcker, nicht beim Metzger, nicht einmal mehr, so wie früher, ab und an vor dem Haus, wo man sie hin und her huschen sah.

Niemand sorgte sich, sie war nicht einmal mehr im Gespräch.

Dann, als ein Sturm die Ziegel vom Dach riss, die morschen Fensterläden davonflogen, als der nahe Bach den Garten überschwemmte und die Feuerwehr zu Hilfe anrückte, fanden sie sie.

Sie mussten die Türe aufbrechen, die er am Morgen, als er das Haus verließ, verschlossen hatte. Er hatte sie eingesperrt, seit Jahren schon, damals, als die Kinder gegangen waren und auch sie ihn verlassen wollte.

„Du nicht!", hatte er gebrüllt. „Du verlässt mich nicht! Du gehörst mir!"

Er hatte ihr alles weggenommen, schnitt sogar die Kabel vom Fernsehgerät und vom Radio ab, damit nichts ihr Dasein erleichterte. Schlecht sollte sie es haben und nichts, womit sie sich nach draußen hätte verständigen können. Das Telefon hatte er entfernt und so war die Welt endgültig von ihr getrennt worden.

Sie sprach nicht mehr. Niemand hatte mit ihr gesprochen all die Jahre und so sah sie die Männer nur still an, die gekommen waren, um zu retten, was noch zu retten war.

Heidelindes Kaffee war kalt geworden.

Sie schauderte ein wenig ob der düsteren Gedanken, ob all der Dramen, die im Verborgenen stattfanden.

Die Menschen vor ihr auf dem Platz, was hatten sie zu verbergen?

Sie selbst hatte genug zu verstecken.

Auch sie hätte niemandem sagen wollen, wie schlecht es um ihre Ehe stand, wie groß die Demütigungen waren, die sie ertragen musste, wie elend sie sich fühlte.

Sie dachte an die U-Bahn, an Constanze, an ihre traurigen Augen, an die hängenden Schultern.

„Ja, natürlich", dachte Heidelinde jetzt. Sie war gar nicht so glücklich, sie hatte gar keinen guten Tag. Irgendetwas Schlechtes mochte ihr bevorstehen. Vielleicht der Scheidungstermin?

Sie rückte ihren Stuhl noch ein wenig mehr in Richtung Sonne. Aber obwohl alles in ihrem Licht so strahlte, obwohl die Sonnenstrahlen ihre Haut so wohlig wärmten, sie fühlte sich nicht wohl.

27

An der Station Alte Oper war Constanze ausgestiegen.

Viel weniger Menschen als an der Hauptwache wollten hier die U-Bahn verlassen.

Also hatte sie den Öffnungsknopf an der Türe gedrückt.

Niemand sonst wollte mit ihr aus dem Wagen hinaus.

Ein wenig unschlüssig stand sie draußen.

Wieder ein anders gestalteter Bahnhof. Immer dem angepasst, was sich gerade oben im Stadtbild befand. Hier thronte oben auf dem Platz die Alte Oper, das prächtige Gebäude aus der Gründerzeit, das nach seiner Zerstörung im Krieg originalgetreu wieder aufgebaut worden war.

Constanze liebte die Konzerte dort, die Theateraufführungen und auch die Jazz- oder Rockmusik, die dort geboten wurde.

Unten im Bahnhof waren die beigen Fliesen an der Wand ab und an durch Muster abgesetzt.

Unterbrochen durch eckige oder halbrunde Streifen in hellerem Gelb und Rot.

Der Fahrstuhl neben dem Fahrkartenautomat war hier gläsern.

Schön, befand sie. Dunkle, enge Aufzüge, in die man weder hinein- noch hinausschauen konnte, ängstigten sie.

Eine grauhaarige Frau in leichtem, hellem Mantel mit hochgeschlagenem Kragen wartete mit hochgezogenen Schultern unter der elektronischen Anzeigetafel am Gegengleis.

Richtung Ostbahnhof/Enkheim und darunter U7 Enkheim und U6 Ostbahnhof. Rechts leuchtete die Minutenzahl bis zum Eintreffen des Zuges. Nach Enkheim noch zwei, zum Ostbahnhof noch sechs.

Und darunter das elektronische Laufband. Unermüdlich informierte es.

„Bitte beim Ein- und Aussteigen auf die Stufe zwischen dem Bahnsteig und dem Fahrzeug achten."

Wieder die Sitzschalen an den halbkreisförmigen Betonklötzen. Sie beschloss, sich erst einmal zu setzen.

Auf der anderen Seite saß ein junges Mädchen, den Kopf gesenkt, so wie viele andere in ihr Smartphone vertieft, mit einer grünen Plastiktasche unter den Arm gezwickt. Sie sah nicht auf, als sie dazukam.

Die Wichtigkeit ihres Lebens fand sich wohl auf dem Smartphone.

Die Tristheit des Bahnhofs drückte noch mehr auf Constanzes Gemüt.

Am Treppenende trennten Betonklötze, auf denen blaue Orgelpfeifen montiert waren, den Bahnsteig von den Gleisen. Eine originelle Abwechslung. Sie verliehen dem tristen Bahnhof mit den ansonsten so vergilbten Farben ein wenig Freude und hier war er, der Bezug zur Alten Oper dort oben.

„Musik ist Freude", schienen sie zu sagen.

„Schaut her und lauscht. Dann könnt ihr sie hören, die Musik."

Sie zählte, gedankenverloren. 21 Stück. Auf jedem Pfeiler. Zwischen den Klötzen metallfarbene Absperrgeländer.

Dunkelgelbe, verblichene Betonträger, über die gesamte Decke verteilt, endeten an den Seiten so, dass man glaubte, es befänden sich Rundbogenfenster dort. Darunter die langen Röhren der Beleuchtung. Neonlicht. Fahl. Kalt.

Eine Frau und drei Männer kamen die Treppe herunter.

Die U 7 fuhr ein. Kurzer Stopp. Die grauhaarige Frau stieg ein. Die vier von der Treppe rannten.

Türöffner drücken, hinein, Türen zu. Abfahrt.

Der Tunnel nahm den Zug auf.

Hier konnte sie nicht bleiben.

Bleierne Beine brachten sie zur Treppe. Langsam, Schritt für Schritt nach oben. Licht, Luft, Sonne.

Constanze atmete durch.

Die Einfassung der Treppe, ein Metallgeländer mit Granitpfeilern dazwischen.

Ihre Uhr mahnte die Zeit an. Nicht mehr lange. Die Entscheidung stand unmittelbar bevor.

Sie lehnte sich ans Geländer.

Auf dem Platz geschäftiges Treiben. Das Café an der Alten Oper gut besucht.

Nein, sie würde sich nicht dorthin setzen können.

Sie konnte Menschen jetzt nicht mehr ertragen. Am Geländer festgekettete Fahrräder und gleich daneben ein Motorrad. Eine große Maschine. Richtig klasse. Mit Nieten am Sitzrand und auf den Satteltaschen. Viel Chrom, blitzblank poliert. Ein Traum.

Sie war früher auch gefahren. Nur kurz, nur als Beifahrer. Eine große Gruppe junger Leute. Alle um die zwanzig Jahre alt. Den Wind um die Nase, die Freiheit vor Augen. Verrückt waren sie, verrückt und glücklich.

Doch als Richard den Unfall hatte, als er einen alten Mann mit seinem Motorrad getötet hatte, als er selbst drei Tage später an seinen schweren Kopfverletzungen gestorben war, hatte sie sich geschworen, nie wieder eine solche Maschine zu besteigen.

Nur 21 Jahre waren ihm vergönnt gewesen. Die hatte er extrem gelebt. Mit ein wenig Haschisch jeden Tag, mit Alkohol, mit seiner Maschine und hohem Tempo. So war er durch den kleinen Ort gerast, hatte die Geschwindig-

keit kaum reduziert und den Mann, der nur die Straße
überqueren wollte, einfach übersehen.

Vielleicht hatte er den Himmel gesehen, bevor er
aufschlug.

Er hatte seine Augen offen. Im Koma und im Tod. Er
musste den Himmel gesehen haben.

Richard, ein Verrückter, ein Überflieger.

Für sie eine Liebe, eine kurze Liebe, eine tote Liebe.

28

Heidelinde hatte irgendwann eine Liste erstellt.

Eine Liste ... sie hatte es beim Friseur in einer Zeitschrift gelesen.

Etwas, was laut Zeitung längst „in" war.

Listen erstellen, für dies oder das.

Nur bis zu ihr war das noch nicht vorgedrungen.

„All you want to do before you die ...!"

Diese Zeile hatte sie angestarrt.

Gedanken, die ihr nie vorher gekommen waren.

Sie verfolgten sie. Überallhin und eines Tages hatte sie die ihre begonnen.

„Alles, was ich noch tun möchte, bevor ich sterbe!"

Eine lange Liste.

Worte mit Wehmut, Worte mit Freude, Worte voll Sehnsucht, Worte mit Sinn.

Eine Nacht durchtanzen.

Sahnetorte ohne Reue essen.

Einmal in die Wüste reisen.

Eine vierhändige Massage.

Ein Eis essen zu Füßen des Eiffelturms.

Den Petersplatz in Rom besuchen.

Ohne Hast in der Sonne liegen.

Noch einmal richtig lieben.

Afrika! Einmal nach Afrika. Die wilden Tiere auf Safari.

Eine Reise zu den Eisbären.

Ein Konzert von Anna Netrebko besuchen.

Eine Kreuzfahrt, egal, wohin.

Im Iglu übernachten.

Eine Woche Beautyfarm.

Den großen Christbaum am Times Square in New York
sehen.
Mit dem Boot durch die Kanäle von Holland schippern.
Reiten lernen.
Spanisch lernen.
Rio … Rio.
Ein Sechs-Gänge-Menu beim Sternekoch.
Das Nordkap und das Kap der Guten Hoffnung.
All das und noch viel mehr und …
und Träumen, Träumen …

29

Selten war ihr so bange gewesen. So flau der Magen, so wirr der Kopf. Vermutlich sah man es ihr an. Das gefiel ihr nicht.

Dort, hinter dem pilzförmigen Brunnen, der unablässig seine Fontäne in die Höhe katapultierte, dort war ihr Ziel. Ein Stück ins Westend. Nicht allzu weit.

Noch war Zeit, noch konnte sie ein wenig nachdenken, nochmals genau abwägen, noch war nichts geschehen.

Geradeaus auf dem Platz neben der Oper boten sich an den Laternen Sitzplätze an.

Auf eine der steinernen Rundbänke setzte sie sich und blieb alleine, nachdem der Mann, der dort mit seiner Jacke auf den Knien in die Sonne geblinzelt hatte, gegangen war.

Der tiefblaue Himmel. So tiefblau wie damals auf der Ballonfahrt.

Erst hatte sie nicht gewollt. Angst vor der Höhe. Angst schwindelig zu werden. Doch dann, als sie eingestiegen war, als der Ballonführer startete, als das Gefährt langsam vom Boden abhob, da fühlte sie doch ein unglaubliches Glück. Die Angst wich der Freude. Als sie über die Wiesen und Wälder schwebte, Dörfer und kleine Städte malerisch unter ihr lagen, die glänzenden Fluss- und Bachläufe und der weite Horizont, da wusste sie: Das ist Glück.

Die Stille dort oben, die Freiheit, ein unermessliches Gefühl.

Später dann, in der Türkei flog sie in einem der roten Ballone mit weißen Streifen über der atemberaubenden Landschaft von Kappadokien. Viele dieser Ballone zogen leise dahin, beladen mit staunenden Touristen, die wie sie bestimmt niemals mehr dieses Erlebnis vergessen würden. Die einzigartigen Felsformationen, bizarre Gebilde aus Tuffgestein, entstanden durch Vulkanausbrüche, Wind und Wetter und sie hoch oben mit einem unglaublichen Blick auf diese bestaunenswerte, einmalige, fast unwirkliche Feenlandschaft.

Auch ihre Fahrt durch die Alpen, alleine mit dem Cabrio.

Auf die alte, gepflasterte Gotthardstraße, den Pass hinauf. Die vielen engen Haarnadelkurven.

Ganz langsam, die Sonne, die Wolken, den Himmel über sich. Auch so blau wie der heute. Die Berge vor sich und Natur, eine gewaltige, unbeschreiblich schöne Natur.

Da hatte sie angehalten, hin und wieder. Dort, wo ruhige Wasser als reißende Wildbäche ins Tal stürzten, wo die Kühe auch noch hoch oben mit ihren Glocken läuteten, dort, wo nichts mehr störte, ganz mit sich allein.

Kühe, die liebte sie so. Diese kräftigen, starken Tiere mit den großen dunklen Augen. Ihre stoische Ruhe.

Eine Gelassenheit, die sich übertrug, schaute man ihnen länger beim Grasen zu.

Sie schloss die Augen.

Jetzt saß sie hier an diesem großen Platz.

Ohne Freude, voller Angst und Sorge.

Die Ungewissheit, die an ihr nagte. Das Für und Wider, das Ja und Nein und das Wissen, dass ein Fehler nicht mehr korrigierbar wäre.

Da waren viele schwierige Entscheidungen in ihrem Leben.

Aber keine schien ihr so schwierig wie die jetzige, keine so entscheidend, so ungeheuer wichtig, und oft genug hatte sie Hilfe gehabt, konnte Meinungen einholen, nach Rat fragen.

Selbst eine der schwerwiegendsten, die Trennung und letztlich Scheidung von Rolf, schien ihr im Nachhinein nicht so gravierend.

Rolf wehrte sich.

„Du gehst nicht!", brüllte er.

„Du bekommst nichts, ich werde dich bekriegen, solange ich kann! Du wirst nie mehr froh werden im Leben!"

Freunde unterstützten sie. Sagten: „Geh! Zieh das durch! Mach dich frei! Genieße dein Leben!"

Und so hatte sie Mut, wagte den Schritt, ging durch das Ungewisse, ertrug die bittere Zeit des Hasses.

Die Schlammschlacht um das Geld, der Disput um den Besitz, erniedrigend, entwürdigend, ekelhaft.

Sie hielt das durch. Irgendwie.

Doch jetzt war das anders.

Jetzt ging es um mehr. Nicht um Besitz, nicht um Geld!

Jetzt ging es um Zukunft.

Aber niemand da, der ihr half. Kein Rat, keine Meinung, keine Unterstützung.

Ihr Magen krampfte.

Diese Fahrt mit der U-Bahn, die hatte ihr den Rest gegeben.

Oberirdisch ging das noch.

Aber dann, das Eintauchen in den Tunnel, diese ewig lange Fahrt durch die Dunkelheit, in den langen Röhren, der unfreiwillige Stopp.

Die monotonen Ansagen, die fremden Menschen.

Die Geräusche des Zuges. Das Rattern, das Knattern, das Quietschen.

Wenn sie konnte, vermied sie Tunnelfahrten. Auch mit dem Auto schaffte sie das kaum, befiel sie ein ungutes Gefühl, eine gewisse Angst, sobald sie sich in der Enge

befand. Doch im Auto ist man privater, dazu der Schutz-
raum des eigenen Gefährtes.

Ihr Magen krampfte noch mehr.

Die Verantwortung erdrückte sie.

Wenn sie einen Fehler machte, wenn sie jetzt falsch entschied, wäre ihr Leben verloren.

Nie wieder würde sie glücklich werden.

Es würde sie verfolgen.

Sie würde sich quälen.

Vorwürfe würden sie einholen. Ein Leben lang.

Nur noch zehn Minuten, sagte ihr die Uhr.

Nur noch zehn Minuten.

Da waren sie wieder, ihre Freundinnen.

Viola, Angela, Isolde.

Das Bewusstsein, dass sie sie niemals hätte fragen
können.

Das Wissen um das fehlende Vertrauen.

Die schmerzliche Einsamkeit.

Da war Caro, eine jener, die zum engeren Kreis gehörten.

Zu jenen Frauenabenden, die nur einem Zweck dienten.

Sich in Szene zu setzen, zu brillieren, dick aufzutragen.

Dann wurden Klamotten aufgefahren, Schmuck heraus-
geholt, mit den Männern angegeben, mit den Häusern
und Urlaubsreisen geprotzt.

„Mein Gott!", dachte sie jetzt voller Scham.

„War mir das wichtig gewesen?"

Die Jahre brachten ihr Erfahrung.

Sie brachten das Nachdenken, sie brachten Klugheit.

Jetzt sah sie, dass die Fassaden Löcher hatten, erkannte
die Oberflächlichkeit, durchschaute die Intrigen, erfasste
die Lügen, das ganze Ausmaß lächerlicher, sinnloser Tref-

fen mit nur einem Ziel, viel Aufhebens um sich zu machen.

Caro hatte stets mit ihrem Sohn geprahlt.

Ein kluges Kind. Schon als Baby hatte es genau gewusst, was es will, hatte den Eltern nur Freude, nie Sorgen gemacht, gab im Kindergarten den Ton an, war schon in der Grundschule Klassenbester und im Gymnasium der Überflieger. Internat war die einzige adäquate Lösung, um dieses superintelligente Kind auch nur einigermaßen seinem großen Ziel entgegenzubringen.

Fehler vertuschten sie, auch als Sven begann Mitschüler zu schlagen, als die Wutausbrüche häufiger wurden, als er schließlich in der Schule versagte.

Kein Wort drang nach außen.

Nichts über den Streit zwischen Caro und Martin. Nichts von ihren Schuldzuweisungen, von ihren Hassattacken.

Das Internat weit weg, die Eltern geübt im Lügen.

Bis eines Tages ihre Welt zusammenbrach.

Bis Sven den Vater töten wollte.

Mit einer Axt hatte er versucht, die Tür einzuschlagen.

Hatte getobt und gebrüllt.

Mit Schaum vor dem Mund hatten sie ihn abgeführt.

Später hatte er gesagt, er hätte den Vater vor sich gesehen. Mit einer Säge hätte dieser ihn zersägen wollen.

Er hatte sich wehren müssen, hatte ihm zuvorkommen müssen. Das hatte er doch tun müssen.

Er hatte doch endlich Einhalt gebieten müssen. Er wolle nicht mehr der Beste, der Größte, der Stärkste sein. Ganz normal wolle er sein. Weg vom Übervater, weg von der Übermutter. Er hasse sie, die Eltern, die ihn nie hatten sein lassen, wie er wirklich war, die nur verlangt hatten, nicht geliebt, die ihn zerstört hatten.

Zurück blieben verstörte Eltern, ein geknickter Vater, eine depressive Mutter.

Ihr Ein und Alles dem Drogenwahn verfallen, längst abhängig, längst ein Wrack.

Die Hölle der Halluzinationen, die Qualen des Verfolgungswahns und die Droge Crystal Meth, sein Schicksal.

Da war Birgit und ihre Tochter Helena.

Ihr ganzer Stolz.

Ein Mädchen auf der Überholspur.

Eine Mutter am Rande der Erschöpfung. Nie mehr Zeit für sich. Nur Helena.

Helena muss dies, Helena braucht das.

Am Ende ging sie fort. Als Wissenschaftlerin in die USA.

Birgit allein, ihre Ehe am Ende, kein Ziel mehr vor Augen, keine Helena mehr.

Das krasse Gegenteil Fionna.

Die Kinder betreut durch ein Kindermädchen.

Nicht einmal als sie klein waren, stand sie nachts auf.

Sie kümmerte sich nicht.

„Wozu habe ich sie angestellt? Sie ist zuständig. Die Kinder würden mir sonst meine ganze Kraft rauben! Ich kann ja schließlich nicht alles machen!"

Und das Kindermädchen machte alles.

Sie trocknete die Kindertränen, sorgte sich, wenn sie krank waren, sah nach den Hausaufgaben, sorgte für den Geburtstagskuchen, freute sich und weinte mit ihnen.

„Du und Kinder? Du bist doch keine Mutter!", hatte Lydia ihr gesagt.

„Du doch nicht, Constanze! Das ist nichts für dich!"

Und der Satz hatte sich eingeprägt, hatte Spuren hinterlassen.

Warum? Warum wäre sie keine Mutter? Wie konnte man so etwas sagen?

Was für eine Anmaßung, ihr das zu unterstellen.

Doch vielleicht stimmte es sogar, vielleicht wäre sie tatsächlich gescheitert ob der großen Verantwortung.

Vielleicht hätte sie auch kleine Monster in die Welt gesetzt, die alle dominierten und irgendwann in ihren Problemen erstickten.

Vielleicht aber wäre alles ganz anders gekommen.

Schwierigkeiten, ja, sicher. Aber lösbar, und Kinder, die wohlerzogen ihren Weg machen würden.

Sie entschied sich für Letzteres.

Sie wäre eine gute Mutter geworden.

Oh ja, eine sehr gute Mutter!

Die Uhr mahnte Eile an.

Es war so weit.

Sie hatte doch einen Termin gemacht.

Sie musste doch gehen.

Ihre Bewegungen, Zeitlupe, langsam, bedacht, als ob sie dadurch noch mehr Zeit herausschinden könnte.

Jetzt nahm sie nichts mehr wahr.

Nicht die Menschen auf dem Platz, nicht die, die dort drüben im Café saßen und sich der Sonne erfreuten, und nicht die Frau, die geradewegs aus der Fressgass über die Straße schritt. Die Frau in der hellen Jeans mit der fliederfarbenen Bluse, mit einer weißen Jacke aus gecrashtem Stoff, die sie in der Hand trug.

Jene Frau, die schon ein paar Minuten dort verharrt hatte vor der roten Fußgängerampel, die Frau, die schon länger von dort drüben herübergestarrt hatte.

Sie war unschlüssig gewesen, diese Frau, sich unschlüssig darüber, ob dort drüben, an dem Laternenpfahl, jene schöne Frau aus der U-Bahn saß.

Doch bevor sie sich klar werden konnte, hatte diese den Platz verlassen. Sie hatte sich entfernt, Richtung Westend, langsam, wie in Trance.

Für Constanze jedoch verschwand die Welt um sie herum in einem wabernden Nebel. Dumpf die Geräusche, die gegen ihr Ohr schlugen.

Die Zeit war abgelaufen.

Es war so weit! Unwiderruflich!

Sie musste sich entscheiden!

30

„Was für ein merkwürdiger Tag!", dachte Heidelinde.

Schön hatte er werden sollen.

Mit Bummeln, Einkaufen, Träumen.

Zeit nur für sich. Einen ganzen Tag lang. Ohne Gedanken, ohne Hektik, ohne Reue.

Als die Katze frühmorgens in ihr Bett gekommen war, hatte sie sich so wohl gefühlt.

Die frische Luft morgens um fünf. Das zarte Schnurren die Katze, die sich auf ihrem Bett zusammenrollte, das Gezwitscher der Vögel und das Morgenrot.

Es hatte nach einem gigantischen Tag ausgesehen.

Nach Glück, nach Freude.

Stattdessen stellte sie nun alles infrage.

Stattdessen brach ihr ganzes Leben vor ihr auf.

Längst vergessene Kleinigkeiten ebenso wie schlimme Ereignisse. Spaß und Freude neben Trauer und Wut.

Alles durcheinander. Nicht sortierbar.

Eine Masse Leben. Ihr Leben.

Konfuse Gedanken. Durcheinander in ihrem Kopf.

Die erste Einladung der Schwiegereltern.

Sonntags nach dem Gottesdienst.

Ihr Debüt als Köchin.

Am Mittag zwei Enten im Ofen.

Franz beim Frühschoppen. Keine Hilfe.

Dann irgendwann, die Enten auf dem Küchenboden.

„Nicht essbar!", hatte er gebrüllt. „Nicht angebraten. Was soll das sein, ein Entenbraten?"

Gegessen wurden sie dennoch. Ohne Soße, die war ja auf dem Boden verloren gegangen. Heidelinde hatte bis zwei

Minuten vor Eintreffen der Schwiegereltern versucht, des Chaos Herr zu werden.

Alle zufrieden, auch ihr Franz. Nur Heidelinde war der Appetit vergangen.

Ähnlich die Sache mit dem Käsekuchen.

Gebacken für die Einladung bei Freunden, trug er ihn im Behälter aus dem Haus. Unachtsam. Hektisch.

Der Kuchen landete auf dem Gehweg vor dem Auto.

„Du bist schuld!", er brüllte nur. „Falsch eingepackt, du kannst nicht einmal das!"

Trotzig suchte sie alles zusammen, stellte ihn den Freunden hin.

„Mein Fehler! Kein Kuchen heute! Bin zu dumm!"

Sein Grinsen. Das Lachen der Anderen.

Und er schmeckte, der Kuchen, mit dem Löffel gegessen, unter Spott und Gelächter.

Missachtung, Häme, Spott und Demütigung. Brüskieren vor den Anderen.

Das Kleinmachen, das konnte er.

Kein Halt vor anderen Menschen.

Kleine Stiche. Einer nach dem anderen. Immer wieder.

Stiche, die schmerzten, kleine und große.

Jeder einzelne tötete ihre Liebe.

Dann das Schlimme.

Heidelinde krank. Sehr krank.

Nichts für Franz. Krankheit konnte er nie ertragen.

Sogar die Kinder ließ er dann allein.

Wenn das Fieber hoch, die Schmerzen groß und das Jammern laut war, ging Franz seiner Wege.

Er duckte sich weg.

Es würde schon werden. Auch ohne ihn.

Bei Heidelinde trieb er es auf die Spitze.

Statt des Rezeptes mit starken Schmerzmitteln brachte er Placebos mit. Die Nächte mit stärksten Krämpfen würde sie nie mehr vergessen. Seine Gleichgültigkeit, seine Kaltblütigkeit noch weniger.

War ihm klar gewesen, dass er mit ihrem Leben spielte?

War ihm bewusst gewesen, wie sehr er sie quälte?

Wie sollte sie noch Vertrauen haben?

Es war ihr verloren gegangen.

Wie erging es all diesen Menschen hier auf dem Opernplatz? Oder jenen teilnahmslosen Gesichtern in der U-Bahn?

Hatten sie gute Beziehungen? Hatten sie liebevolle Partner, treusorgende Menschen um sich?

Wie sie wohl lebten?

Nutzten sie die U-Bahn täglich?

Brauchten sie sie, um zur Arbeit zu gelangen?

Keine schöne Vorstellung, jeden Tag in den Tunnel zu müssen, jeden Tag die Enge zu ertragen, den Mief, den Schmutz, den Andere hinterließen.

Wer musste jeden Tag die Züge reinigen? Was alles würde dabei zum Vorschein kommen? Achtlos liegen gelassen, einfach entsorgt.

Füße auf den Sitzbänken, Papier zwischen den Ritzen, Flaschen in den Ecken, Kaugummi überall, aufgeschlitzter Stoff und dreckige, verschmierte Fußböden, pappige Haltestangen und der miefige Geruch, den alle die hinterlassen hatten, die, weil anonym, nichts zu befürchten hatten.

„Ach Heinrich!", dachte sie jetzt wieder.

„Ach Heinrich! Bei dir wäre mein Leben anders verlaufen. Du hattest mich auf Händen getragen. Die wenigen gemeinsamen Stunden hast du mir versüßt, hast das Paradies daraus gemacht. Du hast mich wahrgenommen, meine Stärken erkannt, mich fühlen lassen. Wie konnte ich dich zurückweisen? Wie konnte ich nur? Warum habe ich das getan? Für Franz? Für die Kinder? Für wen? Die Kinder sind längst weg, haben ihr eigenes Leben, kommen nur, wenn sie etwas brauchen. Und Franz? Er führte dieses eigene Leben schon immer. Egoistisch, rücksichtslos. Ich hätte mit dir gehen sollen. Mein Leben mit dir teilen. Deine Liebe spüren Tag und Nacht. Endlich leben, glücklich sein. Ach Heinrich! Ich würde so gerne bei dir sein. Wenn du nur zurückkommen könntest!"

Seltsam, auch der Nachbar fünf Häuser weiter fiel ihr gerade jetzt ein. Vielleicht waren seine Feen gar nicht so schlecht. Vielleicht durfte man ihn und seine Frau nicht belächeln.

Jeder hatte seinen Traum, und seien es die von Feen, und davon berichteten diese beiden immer.

Ob es sie nun gab oder nicht.

Henning, aus dem Norden in den Süden gezogen, mit Frau und vier Kindern, verstand unter einem schönen Garten etwas gänzlich anderes als der Rest der Nachbarschaft.

„Ein Garten muss leben!", sagte er. „Man muss ihn wachsen lassen. Die Pflanzen brauchen Freiheit."

Ein bisschen viel Freiheit bei ihm, befanden die anderen. Die Bäume wucherten und die Ackerwinde schlich sich Stück für Stück bis in die Nachbargrundstücke.

Selbst schriftliche Mahnung bewirkte nichts.

Die Feen wohnten in den Bäumen und mitten unter der Ackerwinde, deshalb dürfe man dort nichts schneiden. Die Feen könnten sterben und seine kleinen Kinder könnten acht Tage lang nicht schlafen. Er könne den

Feen nun mal nichts antun, man dürfe ihnen in keinem Fall wehtun.

Heidelinde lächelte.

Auch eine Art, sein Leben zu leben.

Ein wenig verrückt, mit Feen, mit Esoterik, mit Hokuspokus.

Spätestens seit er behauptete, bei ihm im Hause sei einmal jemand gewaltsam zu Tode gekommen und dessen Geist spuke nun im Haus herum, hielt man ihn für psychisch krank.

Er habe, sagte er, den Getöteten von der Decke baumeln sehen.

Nichts dergleichen war bekannt, niemand, der dort zu Tode gekommen wäre, noch jemand, der von der Decke hätte baumeln können.

Ein Verrückter halt.

Man müsse ihn so nehmen, wie er war, samt der Frau und den Kindern, die allesamt die gleiche langatmige Sprache pflegten wie er.

Niemand störte sich mehr daran, dass er in Unterhosen im Garten herumrannte und auch mal so auf die Straße kam.

Man wusste ja, warum!

Und wieder lächelte Heidelinde.

Er wird seine Gründe haben, so wie sie die ihren, an Heinrich zu denken, nicht loslassen zu können.

Und wer weiß, wie viele Feen hier in diesen Köpfen eine Rolle spielen oder in denen der U-Bahn, wer weiß das schon?

Jeder soll seine Feen haben.

Außerdem hätte sie viel lieber Rosen im Vorgarten statt dem Buchs. Rosen, diese stolzen Pflanzen.

Ja, Franz hatte Recht. Ein Vorgarten sagte etwas über seine Besitzer aus.

Der geschnittene Buchs.

Dahinter jemand, der sich nichts sagen ließ, der alles in geordneten Bahnen wollte, der nichts außer der Reihe zulassen konnte. Ein Pedant gar, jemand, der alles bestimmte.

Rosen dagegen, geballte Schönheit.

Freiheit, Stolz und Kraft!

Je mehr sie sich in all das hineinsteigerte, desto klarer wurde es:

Kein Gesangverein mehr und keine Strickgruppe.

Schluss mit den Zwangsterminen.

Sie war überhaupt alles leid, wollte mit sich allein sein, so wie hier auf dem Opernplatz, so wie heute, an diesem besonders merkwürdigen Tag.

Das Geschwür brach dann auf dem Rückweg auf.

Es war reif, es war Zeit.

Es hatte satt und vollgefressen in ihrem Inneren gelegen, gewachsen über die Jahrzehnte einer unglücklichen Ehe.

Es peinigte sie, es quälte sie.

Wie ein Furunkel, der sich Zeit genommen hatte.

Der langsam herangewachsen war.

Eine faulige, eitrige, gelbe Masse. Sie hatte sich zusammengezogen, Stück für Stück, war angeschwollen, dehnte sich aus.

Mit ihr die Schmerzen.

Erst ein kleiner Stich. Kaum fühlbar. Ganz selten.

Dann das Mehr an Pochendem. Das ansteigende Wissen um den Herd, der sich entfaltete.

Die Stiche, die quälten.

Fast eine Folter.

Erst nicht sichtbar. Dann Stück für Stück ein wenig rote Haut. Mehr und mehr werdend, langsam aus der Haut kriechend, sich aufbauend, wie ein Vulkankegel.

Mit dem Kern in der Mitte, bösartige Eitermasse!

Auch das Wissen um das Warten.

Er musste sich voll entfalten, so ein Furunkel.

Man musste sich gedulden. Man musste ertragen.

Setzte man sich zu früh zur Wehr, würde er seine Qualen vervielfachen.

Er würde eingedämmt werden, aber nur ein wenig, um dann, umso heftiger, umso entzündlicher, zurückzuschlagen.

Nur voll entwickelt an der Oberfläche, mit dem gelben, schleimigen Kern, in der roten, entzündeten, aufgeworfenen Masse, konnte man ihn besiegen.

Die Stiche dann ein Vielfaches, die Schmerzen kaum ertragbar.

So einen Furunkel hatte sie in sich getragen all die Jahre.

Heidelinde hatte Platz genommen im Wagen ganz vorne.

Im U-Bahnhof Alte Oper, dort, wo die blauen Orgelpfeifen in der fahlen Atmosphäre leuchteten.

Ihr Tag war nicht mehr ihr Tag. Es war ihr verdorben.

Kein Shopping mehr, kein Flanieren.

U 7 Richtung Enkheim.

Alles rückwärts. Von der Alten Oper bis nach Enkheim.

Erneut die Menschen. Auf dem Weg. Das Hin und Her.

Ihr Ausstieg: Kruppstraße.

Auch das Geschwür in ihr schmerzte.

Doch es hatte die Zeit gebraucht. Zeit sich zusammenzuziehen, wie der Furunkel, sich aufzubauen, Stück um

Stück, verborgen, mit den Stichen, die sie spürte ab und an.

Sie hatte versucht zu vergessen, dass er über sie hergefallen war.

Der Schmerz, als er ihr ins Gesicht schlug.

Sein schwerer Körper über ihr.

Sein Geruch, nach Asche und ranzigem Fett, nach Bier und Schweiß.

Sein Geräusch, als er sich über sie wälzte.

Sein Stöhnen, als er sich Befriedigung verschaffte.

Sein Hass, als er merkte, dass sie ihn hasste.

Sie hatte es ertragen, dann vergraben, Nahrung für ihr Geschwür, immer und immer wieder. War es nicht Liebe gewesen, die sie zusammengebracht hatte?

Wohin war sie verschwunden, diese Liebe?

Oder hatte es sie nie gegeben?

Sie hatte versucht zu vergessen, dass er sie beleidigte.

„Du bist zu dumm!", hatte er gesagt. „Einfach nur blöd!"

Er hatte sie blamiert, wo er nur konnte.

Am Ende stellte er sie sogar vor den Kollegen bloß.

Sie hatte versucht, zu vergessen, dass er sie verletzte.

Seelische Wunden. Schmerzhafte Stiche.

Seine Ignoration. Seine bissigen Reden. Seine Abwesenheit.

Die Kinder, die sie allein großgezogen hatte. Die Sorgen und Nöte, wenn sie krank gewesen waren. Ohne ihn. Nie sah er sich um, keine Gute-Nacht-Geschichte, keine Umarmung, nichts.

Kinder sind nichts für starke Männer. So sah er das. Kinder gehören in die Obhut der Frauen. Er hatte Besseres zu tun.

Sein Ruderclub, seine Besäufnisse dort, das war wichtiger.

Was er nicht mochte, durfte auch sie nicht mögen.

Das Kleid, das er zerschnitten hatte.

Mühevoll genäht, wochenlang. Der Traum, den sie sich nie hätte leisten können. Also nähte sie. Kaufte edlen Stoff und freute sich.

Er schnitt mit ihrer Schneiderschere. Der Traum lag in Fetzen.

„Brauchst du so etwas?", höhnte er.

„Brauchst du nicht! Das sage ich dir! Das brauchst du nicht!"

Nicht nur das Kleid lag in Fetzen da.

Der Schnitt ging tiefer. Ihre Seele hatte irreparablen Schaden genommen.

In allen Sorgen und Nöten seilte er sich ab.

Steckte den Kopf in den Sand, kümmerte sich nicht.

Da war kein Franz, der sich sorgte, nur einer, der sich selbst in schlechter Lage sah.

Auch das Wort „Krebs" ignorierte er. Das wollte, das konnte er nicht hören.

Was sollte er mit einer Frau ohne Brust? Das könne er sich nicht ansehen, hatte er gesagt. Es würde ihm übel werden bei so einem Anblick. Das wäre ihm nicht zuzumuten.

Er wollte nicht wissen, wie es ihr ging, in den Tagen vor dem Eingriff. Er war nicht da, als sie in die Klinik musste. Er hielt niemals ihre Hand. Ihre schlaflosen Nächte stand sie alleine durch. Er ignorierte sie, sie und ihre böse Brust. Für die Kinder, sagte sie sich.

Für die Kinder. Sie waren erst dreizehn. Noch nicht alt genug. Für sie musste sie alles durchstehen, alles ertragen.

Als der Knoten nicht bösartig, die Brust nicht entfernt war, schwieg er auch.

Und das Schweigen sollte bleiben.

Sie verschloss den Schmerz so wie alles andere in ihrem Innern und die Geschwulst dort quoll fast über, voll mit seinen Grausamkeiten, mit der Masse seiner Boshaftigkeiten, mit alldem, was sie schlucken musste und geschluckt hatte.

„Nächste Station: Eissporthalle, Ausstieg in Fahrtrichtung links."

Sie hatte gar nicht mitbekommen, wie der Zug gefahren war. Wie schnell die Betonwände draußen vorbeihuschten, die Bahn von Bahnhof zu Bahnhof hetzte, beschleunigte und wieder abbremste. An der Hauptwache wieder diese Geschäftigkeit. Die vielen Menschen. Draußen auf dem Bahnsteig, in die Züge eilend, von den Zügen kommend. Auf dem Gegengleis jene U-Bahn mit den vielen Sätzen für die VGF.

„Vereine Grüßen Frankfurt, Venedig Glänzt Festlich, Vroni Geht Fischen, Viele Glühende Fans, Vaseline Glättet Falten, Vermisse Gute Filme, Verliebte Gehen Feiern."

„Mein Gott!", hatte sie gedacht. „Verliebte Gehen Feiern."

Ja, wie gerne, wie gerne sie das machen würde.

Verliebt sein. Glücklich sein. Einfach nur glücklich sein.

Die U-Bahn rollte weg. Der Satz verschwamm.

„Verliebte Gehen Feiern."

Sie hatte noch einmal die Tiere an der Wand des Bahnhofs Habsburgerallee gesehen. Jene gemalten Tiere mit den Gegenständen auf dem Rücken. Die Tiere mit den Lasten, die Spritze, der Gepäckwagen, das Telefon.

Die täglichen Lasten.

Die Zwänge.

Man hätte sie dazumalen können.

Man hätte ihr noch andere Lasten aufmalen können.

Sie hätte noch viel mehr zu bieten.

War das die Bedeutung dieser Tiere? Warum war dieser Bahnhof so gestaltet?

Den Bahnhof am Zoo hatte sie gar nicht richtig wahrgenommen. Nur die Tierbilder an der Wand, die wenigen Minuten, in denen sie zu ihnen hinübergestarrt hatte.

Jetzt auf dem Rückweg hatte sie sie gar nicht mehr beachtet.

Jeder U-Bahnhof hatte etwas zu sagen, drückte sich aus, zeigte die Stadt. Schaute man genau hin, gab es überall etwas zu entdecken. Sicher nicht mehr bedeutend für die vielen Menschen, für die all diese Bahnhöfe Alltag geworden waren.

Heidelinde bewegte sich ihrem Ziel zu. Schnell waren auch die letzten Stationen genommen, wieder viele Menschen ein- und ausgestiegen.

Ganz andere als auf der Hinfahrt.

Ein bunter Mix. So verschiedene Typen.

Ein Mann mit dunklerem Teint, einer schwarzen Pudelmütze, einem Dreitagebart und langen Koteletten. Unter der Mütze lugten rote Ohrläppchen hervor. Die blaue Sporthose mit den weißen Streifen an der Seite hing weit unten. „Arsch im Knie", hätte Franz gesagt. Der angesagte Schlabberlook. Er schien jung zu sein, trotz der tiefen Stirnfalten über den dichten Augenbrauen. Eine Folge seines ständig bösen Blickes?

Ein anderer mit weißen Stoppelhaaren, einem extrem blassen Gesicht. Im krassen Kontrast dazu die schwarze

Hornbrille. Auf dem weißen, ungebügelten T-Shirt rechtsseitig ein grünes Herzchen, rechts und links zwei schwarze Punkte. Eine auffallend schräge Mundpartie und Mundwinkel, die er ständig nach oben zog. Unter der schwarzen Sportjacke mit roten Streifen an den Ärmeln lugte eine Edelstahlarmbanduhr hervor. Riesig, mit blauem Zifferblatt. Ständig starrte er darauf. Sein Anker inmitten der fremden Menschen?

Eine Frau mit Pferdeschwanz, einem ausgewaschenen Blond, mit breitem dunklem Haaransatz. Ihr Nasslook wirkte struppig, ungepflegt. Die Hornbrille lenkte nicht von ihrem Pickelgesicht ab. Eine große Tätowierung an der Innenseite des Arms, durch die Hautquetschung nicht erkennbar. Aber das Handgelenk sagte mehr: „Gunter" stand da, geritzt in ein großes Herz.

Ein breitschultriger Typ von hinten. Halslos mit großem Kopf. Kahl geschoren. Drei große Falten am klobigen Hinterkopf. Gleich links davon ein rotes Muttermal, dominant seinen Platz beanspruchend. Kleinkariertes Hemd, weiß, grau, schwarz, passte irgendwie nicht. Seine Hose am Saum zerrissen. Auch seine Arme tätowiert. Auf der rechten Seite längliche Ornamente rundum, links florale Muster.

Daneben ein schlaksiger, großer, ganz junger Kerl mit einem Skateboard in der Hand. Auf dem Rücken seines T-Shirts ein Pinguin.

Ein großer Schmollmund im Gesicht eines jungen Mädchens. Lange Mähne, in der Mitte gescheitelt, mit einem Totenkopf an silberner Halskette auf einem langen, blauweiß gestreiften Shirt. Dazu die obligatorischen Ohrstöpsel, mit Kabeln, die zu einem pinkfarbenen Rucksack führten.

Zwei Männer im Anzug. Ein Nadelstreifen in Grau, ein dunkelbrauner Karodruck. Weiße Hemden, farblose Krawatten, Aktenkoffer.

Für Heidelinde sagten sie alle das Gleiche: „Sag nichts, frag nichts, rühr mich nicht an!"

Langsam leerte sie sich, die U-Bahn.

Dann die Kruppstraße. Sie stieg aus. Nicht weit von der Endstation entfernt.

Und das Wort Endstation hatte jetzt eine ganz andere Bedeutung für sie.

31

Constanze war langsam gelaufen.

Ganz langsam.

Der Lärm der Großstadt hatte sie kaum mehr erreicht.

Die Autos, die Menschen, die Hochhäuser, alles schien weit weit weg zu sein.

Nur Heidelinde spukte immer noch in ihrem Kopf herum. Ihre Faszination. Ihre Ausstrahlung.

Ob diese Frau wusste, wie groß diese war?

War sie sich ihrer Wirkung bewusst?

Ahnte sie, dass sie Menschen fesseln konnte, alleine durch ihre Anwesenheit, durch ihre Blicke?

„Hedwig", dachte sie, „Hedwig, du hast diese Größe nicht. Du hast nur Rolfi! Rolfi, Rolfi. Du hast kein Gefühl für Andere. Du bist kalt!"

Und der Hass auf die ehemalige Schwiegermutter war nie größer gewesen als jetzt.

Sie ahnte nicht, wie es um Hedwig stand.

Ihr Leben war ein kleines geworden.

25 Quadratmeter.

Ein Sessel, ihre kleine Couch. Ein Tisch mit zwei Stühlen. Zwei ihrer schönsten Bilder an der Wand, der Teppich, den sie am meisten gemocht hatte, ein Schrank, ein Bett.

Ein Fernsehgerät.

Telefon und Internet. Das brauchte sie nicht mehr.

Ihre Verbindung zur Welt, der Blick hinaus auf die Flussauen. Weite Landschaft, Wiesen, Büsche, ab und an ein paar Hasen, die hin und her huschten.

Vollversorgung.

Waschen, Frühstück, Mittagessen, Kaffeetrinken, Abendessen, Bett.

Manchmal nur Bett.

Leere Augen, ausdruckslos.

Keine Freude mehr.

Kein Rolfi mehr.

Er hatte sie abgeschoben, ihr Rolfi, für den sie alles getan hatte. Der Rolfi, für den sie ihr Leben gegeben hätte.

Der Rolfi, ohne den alles wertlos geworden war.

In dieser Seniorenresidenz, so hatte er ihr gesagt, könne sie noch einen erfüllten Lebensabend verbringen.

Er hatte sich abgeseilt. Als sie ihm lästig wurde, als sie nicht mehr konnte, war sie ihm zu viel geworden.

Was sollte er mit einer Mutter, die ihn nervte, die nicht mehr völlig bei Sinnen war, die Arbeit machte und Pflege brauchte? Das war nichts für einen Rolf. Das hielt er nicht aus. Das konnte er nicht ertragen. Das ekelte ihn an.

Zudem hatte er Recht behalten.

Er war erfüllt, ihr Lebensabend.

25 Quadratmeter mit all den wenigen Dingen darin und mit der Angst, mit den schlimmen Träumen, mit dem Schmerz um den Verlust und der Trauer, dass sie den Sohn für immer verloren hatte.

32

Heidelinde feierte noch einmal das Osterfest.

Ein Ostern wie immer.

Mit dem Sauerbraten, mit dem abgeknickten Ohr des Hasen am oberen Serviettenrand, mit den bunten Eiern darunter zwischen ein paar grünen, künstlichen Grashalmen und den Eierkerzen in der Tischmitte.

Noch einmal war sie in der Spur gelaufen. Noch einmal hatte sie das Nötige getan.

Noch einmal, für die Kinder.

Sie waren gekommen für das Fest.

Obligatorisch. Das war ihre Pflicht.

Franz beim Frühschoppen, dann das Mittagessen. Schweigend, wie immer!

„Frohe Ostern!"

Mit dem Hasen, den Eierkerzen und dem Braten vor der Nase war die Grenze des Ertragbaren erreicht: die Monotonie ihres Alltags.

Für ihn, uns, sein Ich!

Die Farce, Erwartungen erfüllen zu müssen.

Zu genügen, so, wie es von allen erwartet wurde.

Nur nicht aus der Reihe tanzen.

Dazu das kleinkarierte Zuhause.

Die Art, wie er die Betten wünschte. Akkurat, ohne Falten, die Decken genau aufeinandergelegt, sein Schlafanzug exakt unter der Oberkante, die Kissen aufgeschüttelt, abgelegt, glatt gestrichen.

„Was ist das?" Sein Ausruf, als einmal die Kissen senkrecht standen, mit einem Knick in der Mitte. Sie tat das nie mehr.

Seine Sporttasche, immer gepackt. Mit der Wäsche, den Turnschuhen, der Trainingshose, dem Waschzeug und dem Handtuch. Alles an seinem Platz. Wehe, das wurde missachtet!

Sein Auto, jede Woche gewaschen, gewienert mit einem weichen Tuch, innen gesaugt, die Fenster streifenfrei, die Polster wie neu, immer auf den Zentimeter geparkt.

Das Fernsehprogramm, von ihm ausgewählt. Immer gleich. Die Nachrichten, ein Krimi, die Sportschau und Fußball.

Die Kinder, jetzt erwachsen, die noch immer kein Widerwort wagten, keine Minute zu spät kamen, sich nie zu Wort meldeten.

Sein kleines beschissenes Leben.

Bis zu jenem 19. April.

Dann war es klar. Der Weg genau vorgezeichnet.

Das Wenige schnell getan.

Heidelinde sah in den Vorgarten.

Dort stand er, der Buchs.

Ihr Wegbegleiter.

Er stand für alles, was sie hasste.

Aber er stand auch für ihre Feigheit, dafür, dass sie kein Widerwort gewagt hatte, all die Jahre, dafür, dass der Buchs nicht wachsen durfte, dafür, dass der Buchs ihr Dasein regierte.

Sie schämte sich, sie schämte sich so sehr.

Denn zu dem aufgebrochenen Geschwür in ihrem Inneren hatte sich noch mehr Schlimmes hinzugefügt, als sie zurück nach Hause gekommen war.

Das Haus so anders, als sie es betreten hatte.

Zur falschen Zeit.

Zu früh war sie zurückgekehrt, weil die Stadt ihr nichts zu bieten hatte, ihr Tag keine Freude gebracht hatte.

Die Liebenden hatten sich sicher gefühlt.

Schamlos ihre Lustschreie, eine Hose, ein Rock über den Boden verstreut, auf der Treppe nach oben.

Ein Wegweiser, der sie erschreckt hatte.

Sie taten es in ihrem Bett.

Sie hatten keinen Anstand mehr. Sie hatten die Grenze überschritten.

Die aufgerissenen Augen von Franz.

„Heidelinde, du?"

Sein respektloses Stammeln.

Ihr Suchen nach Kleidung.

Ihr klägliches „Oh Gott, oh Gott!".

Die surreale Situation.

Und in der Garage dann, sein Auto mit der Decke auf dem Rücksitz.

Dass er so weit gehen würde!

Die Geliebte auf dem Rücksitz seines Autos. Zugedeckt, an den Nachbarn vorbei in ihr gemeinsames Zuhause.

Dass er das riskieren würde!

Sie wusste ja, dass diese Rolle sonst die seine war.

Reichte ihm die Demütigung nicht? Genügte es nicht, dass er sich schamlos vergnügte?

Dass ER sich erniedrigte?

Musste er nun auch sie erniedrigen? Musste er sie zwingen, sich das anzusehen?

Konnte er nicht Halt machen vor dem, was ihm wichtig sein sollte? Sein Heim und das der Kinder?

Niemals hatte sie sich elender gefühlt als in der Sekunde, als das Stöhnen an ihre Ohren drang. Als sie das zerwühlte Bett und die nackten Leiber vor sich hatte, als sie sich sicher war, dass das, was sie sah, ihr Franz und diese Monika waren.

Sie hatte genug.

Die Lügen, die Scheinheiligkeit, die Intrigen, die Doppelmoral.

Es reichte.

Hier wollte sie nicht mehr sein.

Kein Leben mehr hinter Buchs und strahlend weißen Gardinen.

Kein Franz und auch kein Gesangverein, kein Tratsch und keine Häme.

An jenem Abend holte sie ihre Liste hervor.

„Was ich noch tun will, bevor ich sterbe!"

Nur noch zwei kurze Worte. Dann war die Liste fertig.

Sie lächelte, als sie schrieb.

Sie fühlte sich gut.

„Frei sein."

Zwei Worte.

Ein Leben.

Eine Liste mit Leben.

Ihre Zukunft.

Am Dienstag waren die Kinder abgereist.

Dann ging es ganz schnell.

Sie musste drei Mal fahren. Immer nur zwei der blauen Müllsäcke passten in ihr Auto. Zum Sperrmüllplatz und zurück, beladen mit dem Buchs.

Sie brauchte Kraft. Sie schaffte es. Mit dem Spaten und der Hacke. Vier Stunden später war sie fertig.

Zwei Koffer nur. Das Nötigste. Sie würde nicht viel brauchen.

„Der Vorgarten ist deine Visitenkarte!" Sie sagte es ruhig.

„Niemand wird hier sein, um ihn zu pflegen, niemand wird ihn schneiden!" Eine Sekunde lang sah sie ihn an.

„Du brauchst ihn nicht mehr! Du brauchst mich nicht mehr!" Sie hielt inne, ganz kurz.

„Ich werde gehen, Franz! Wenn ich nicht mehr da bin, kann der Buchs auch nicht bleiben! Wie würde er dastehen, so ganz ohne Pflege? Wie würdest du dastehen?

Ich liebe dich nicht mehr, Franz! Verstehst du, was ich sage? Du verdienst eine Frau, die dich liebt, dich und deinen Buchs!

Ich kann es nicht mehr!

Suche nicht nach mir! Du wirst mich nicht finden. Ich will nichts, ich brauche nichts. Ich brauche nur mich!"

Sein hämisches Grinsen.

Es erreichte sie nicht mehr.

Sie verließ das Haus. Dann startete sie den Motor.

Und hinter ihr, ohne dass ihr Blick sich wandte, blieb alles zurück.

Ihr Leben, ihr Unglück, ihr Schatten, ihre Trauer und Franz.

33

Constanze hatte vor der Tür gestanden.

Vor der großen, breiten Glastür. Licht schien hindurch, dann der Schatten einer Person. Sie ging von rechts nach links.

Stimmen. Durcheinander von Stimmen.

Läuten eines Telefons, Schlagen von Türen.

Es war so weit. Jetzt musste die Entscheidung fallen.

Kein Verweigern mehr möglich.

Constanze hatte Luft geholt.

Ihre Atmung so hektisch, Schweiß auf der Stirn.

Der Gedankenwirrwarr in ihrem Kopf unerträglich.

Sie sah Hedwig vor sich.

Lachend. Schadenfroh.

„So weit bist du gekommen? Das war vorherzusehen, dass du so dumm bist! Bei Rolfi wäre dir das nicht passiert!", rief sie ihr zu.

Sie sah Rolf vor sich.

„Aber Constanze!", spöttelte er. „Du doch nicht! Das schaffst du nicht!"

Sie sah Emanuel.

„Was?", sagte er. „Ohne mich, das ist dir doch sicher klar?"

Sie sah sich selbst. Abgehetzt. Genervt. Ohne jegliche freie Zeit.

Ihre letzte Chance! Bald wäre sie vertan. Für immer. Nie mehr gutzumachen.

Nicht zu wiederholen.

Dieses eine Mal. Ihr letztes Mal.

Sie wusste das.

Ihr Finger an der Klingel. Aber sie drückte nicht.

Ihre allerletzte Chance.

Auf ein anderes Leben. Auf ein neues Glück.

Auch sie könnte das schaffen. Warum nicht?

Sie musste es nur wagen.

Sich trauen. Ins kalte Wasser springen.

Mutig sein. Endlich einmal mutig sein.

Der letzten Chance eine Chance geben!

Hinter der Türe geschäftige Hektik.

Diese Frau, diese Frau aus der U-Bahn.

Diese Frau ließ sie innehalten, hieß sie, noch einmal alles zu überdenken, nur durch ihre Anwesenheit. Wie gerne hätte sie sie kennengelernt.

Sie ging ihr nicht aus dem Kopf.

Heidelinde hatte sie so fasziniert.

Die U-Bahn, so anonym, so kalt.

Genauso wie hier, auf dem Flur.

Constanzes Herz pochte wild. Wieder Übelkeit, wieder der verkrampfte Magen, dazu so viel Angst.

Und doch sah sie diese Frau vor sich, die ihr sagte:

„Tue es nicht! Tue es nicht! Sonst wirst du diesen Tag verfluchen, ein Leben lang!"

Ihr Finger auf der Klingel.

Die Angst, das Zögern, die Zweifel.

Aber er drückte nicht.

Und hinter dem Glas ein neuer Schatten, leise Stimmen, das Summen eines Telefons.

Vor ihren Augen das Schild. „Gynäkologische Privatklinik".

„Hab Mut!", sagte die Frau in ihren Gedanken. „Hab Mut, du wirst es schaffen! Das Glück wartet auf dich! Du darfst nicht tun, was du vorhast!"

Ihr Finger sank herab.

Nie war sie sich sicherer gewesen als jetzt.

In diesem Moment, in dieser Sekunde, so alleine vor der Tür.

Alle Zweifel vergessen, alle Ängste vorbei.

Sie würde es schaffen, sie würde stark sein. Sie wollte nicht feige sein.

Sie musste es versuchen.

Dann rannte sie.

Zurück zum Aufzug, drückte mit zitternden Händen den Knopf für das Erdgeschoss, dann hinaus auf die Straße, hinüber auf die andere Seite, vorbei am Opernplatz zum Taxistand.

Es war ausgestanden.

Die Zukunft klar vor ihren Augen.

Alles würde so anders sein. Aber jetzt, jetzt freute sie sich.

Kein Zweifeln mehr, kein Zittern. Sie würde es annehmen, das Leben.

War es doch Glück, dass sie die U-Bahn genommen hatte?

Die Zeit in der U-Bahn hatte sie nachdenken lassen.

Die Zeit in der U-Bahn hatte sie erschreckt.

Die Zeit in der U-Bahn hatte sie wachgerüttelt.

Nicht ausgelegt auf Kontakte.

Einsteigen – Fahren – Aussteigen.

Zigtausende Menschen jeden Tag.

Nur wenige Stunden Nachtruhe.

Zigtausend Mal Nähe. Erzwungen. Ungewollt.

Zigtausende Gedanken, die durch die Luft schwirren.

Und doch: Genau dort hatte sie ihr Glück gefunden.

Später schrieb sie an Emanuel. Kurz und klar.

„Liebster Emanuel,

schon lange spürte ich, dass Du, mein Lieber, wieder weiter willst. Du hast lange Rast gemacht bei mir. Hast Dich niedergelassen für eine Weile. Diese Weile ist nun beendet. Du musst weiterziehen. Du hast ein Recht darauf.
Ich jedoch, Geliebter, ich bin angekommen.
Ich habe meine Ruhe gefunden und mein Glück, zu dem Du in besonderer Weise beigetragen hast. Ich danke Dir von Herzen, für Deine Nähe, für unser Glück, für unsere Freude, für Deine Liebe.

Immer mit Dir verbunden,

Deine Constanze"

Sie hatte gelächelt, als sie ihn geschrieben hatte. Mit der Hand auf ihrem Bauch, in dem sein Kind seinem Leben entgegensah.

34

Sie waren sich noch einmal begegnet, an jenem schicksalhaften Tag.

In der Sonne, vor der Alten Oper.

Inmitten all der Menschen, die über den Platz hasteten.

Dort, wo niemand auf den anderen achtete, dort, wo die Anonymität jeden alleinließ.

Doch ihre Blicke trafen sich erneut. Sie kannten sich. Sie wussten voneinander!

Für den Bruchteil einer Sekunde nur hielten sie sich fest, klammerten sich aneinander, erzählten ihre Geschichte zu Ende.

Zwei Frauen und dieser Tag.

Zwei Frauen in der U-Bahn und dann auf diesem Platz.

Heidelindes Fuß auf der ersten Treppe wieder zurück in den U-Bahn-Schacht.

Constanze kurz vor dem Taxistand.

Der Ruck ihrer Körper, als sie sich fast berührten, das Innehalten für den Augenblick.

Die unglaubliche Macht ihrer Begegnung.

Heidelindes Hand auf dem Treppengeländer.

Ihre Gesichter so nah und jetzt entspannt, fast froh, mit einem angedeuteten Lächeln.

Die Augen die sich folgten, die Köpfe, die sich drehten.

Das Wunder, das niemand bemerkte!

Sie machten sich Mut, die Blicke.

Blau-graue Augen unter dichten schwarzen Wimpern, grüne Augen, zart geschminkt.

Noch einmal hielten sie inne.

Erstaunt durch den Zufall des Augenblicks.

Sie gaben sich Halt, sie gaben sich Kraft, sie blickten wissend.

Eine großartige Begegnung, das wussten sie jetzt.
Es hatte sie zusammengeführt, das Leben. Sie hatten miteinander gesprochen und nie ein Wort gesagt.
Aber sie hatten verstanden.
Und so führten sie sich gegenseitig – hinaus in ein neues Leben.